Beautiful Chinese

美丽中文

《读者》签约作家美文系列

安宁、包利民 等著

微风也能到达远方

大爱无疆卷

天津出版传媒集团
天津教育出版社
TIANJIN EDUCATION PRESS

图书在版编目（CIP）数据

微风也能到达远方：大爱无疆卷 / 安宁等著.
—天津：天津教育出版社，2013.12
（美丽中文：《读者》签约作家美文系列）
ISBN 978-7-5309-7489-6

Ⅰ.①微…　Ⅱ.①安…　Ⅲ.①散文集—中国—当代
Ⅳ.①I267

中国版本图书馆CIP数据核字（2013）第296373号

微风也能到达远方

出版人	胡振泰
作　　者	安宁、包利民等
选题策划	杜　平
责任编辑	王剑文
装帧设计	张丽丽
出版发行	天津出版传媒集团 天津教育出版社 天津市和平区西康路35号　邮政编码　300051 http://www.tjeph.com.cn
经　　销	新华书店
印　　刷	唐山天意印刷有限责任公司
版　　次	2014年1月第1版
印　　次	2014年1月第1次印刷
规　　格	32开（880毫米×1230毫米）
字　　数	135千字
插　　页	2
印　　张	7
定　　价	21.00元

目 录

段奇清

姜钦峰

矫友田

一路开花

查一路

安 宁

本名王苹，巨蟹座女子，80后人气作家，《读者》等多家期刊签约作家。生于泰山，读于北京，居于青城。外语学士，文学硕士，电影学博士。曾任中学外语老师、出版社编辑，现为内蒙古大学艺术学院影视戏剧系副教授。文风犹如个性，兼具柔软温情与犀利幽默。已出版长篇小说与作品集二十一部。代表作品：《蓝颜，红颜》《试婚》《聊斋五十狐》《呼伦贝尔草原的夏天》《笑浮生》。曾获2009年度冰心儿童图书奖、2009年度北京市政府优秀青年原创作品奖等多种奖项。

欠你一件温暖的旧衣

他几乎成了我们大学公寓门口的一个风景，当然不是太美的风景。不过是五十岁的男人，却因长年的日晒雨淋，而尽显老态。坐在那里工作的时候，他便像一截枯朽又烧焦了的树桩，孤零零地熬着日子。他的后面，是一排装饰华丽的店铺，面容新鲜的学生，正悠闲地出出进进。经过他的时候，基本上是视若无睹的，只有偶尔踩到了他的工具，或是一块补鞋的皮子，才会蹙起眉来，绕道走开去。他从没有介意过别人的目光，事实上他几乎不抬起头来看人，他的手边堆满了各式各样的鞋子、皮包和衣服、用具，他需要将他们一一修复到完好的模样。而对面马路的喧嚣和身后的繁华，于他，不过是一个可有可无的背景。

因为自己几乎没有把坏掉的鞋子，缝缝补补继续穿的习惯，所以我对他，基本上没有什么好感，觉得他在一排店铺面前，实在是有碍观瞻；像是一个人秀美的脸上，一颗大大的黑痣，除非用激光消去，否则一辈子都会让你尴尬难堪。本以为在毕业以前，再不会与他发生任何的交集，但一次意外，却让自己，成了他心中难以消除的印痕。

是一件穿了三年的衣服，拉链坏了，但因为是一个曾经爱过的人送的，所以便不舍得丢掉，拿了去他那里修。他看一眼，便放在一旁，说："晚饭前来取好吗？这会儿活太多了。”我皱眉想了片刻，只得留下衣服走人。走之前不忘特意嘱咐他一声：“别弄脏了啊。”他抬头朝我笑笑，一点头，算是答应。

当我想起去取衣服时，早已是第二天的傍晚。匆匆赶过去的时候，他已经开始收摊。看到我来，他立刻热情地打了个招呼，而后将捆扎好的一个大皮包搬下来，一件件地翻找我那件海棠红的外套。找了许久，都没有，我看着他黑黢黢的脸，在昏黄的路灯下，现出难看的紫红色，便不耐烦，说：“一件旧衣服，又不值钱，藏那么结实干吗？”他听了额头霎时急出汗来，急急辩解道：“真的是所有修好的衣服都放到这个袋子里的，中午我还检查过的，怎么这会儿工夫就不见了呢？”我不想听他的解释，说：“或许你家里人拿去了，没告诉你？麻烦你再回去找找，我明天再过来拿。”他一个劲儿地点头道谢，一直看着我走远了，这才弯腰收拾散落一地的东西。

可惜第二天他依然没有找到，他甚至为此在鞋摊儿前专门贴了个寻衣启事，又逢人必问，有没有人看见我的外套。第一次，我看到他在修鞋的时候，坐立不安，眼睛，始终是看向人群的；有那么几次，甚至将针扎到了手上。但我并没有因此同情他，反而看到他在太阳底下，就着咸菜啃馒头的时候，会突然想，是不是他将那件名牌子的旧衣服，故意藏了起来，给自己的女儿穿了呢？这样想过之后，愈加地觉得他是在作秀，不过是做做样子，给自己一个台阶下罢了。

又过了两天，他亲自跑到宿舍楼下，等我……终于在午饭的时候，拦住我，将一沓钱小心翼翼地递过来。我看一眼那卷了角儿的纸币，知道衣服已经寻不回了，便冷淡一笑道：“算了，不过是一件别人送的衣服，没花钱，也旧了。”

没曾想，这句话让他愈加地手足无措起来，足足憋了十分钟，他才挤出一句来：“朋友送的，那真是，更对不起您了。这钱，无论如何您都得收下，要不，我会天天都睡不着觉的。这事，还是第一次，也不知哪个孩子，给顺手拿了去。”我笑，随后摆手，说：“我还有事，这钱你还是收着吧，不过是一件旧衣服，不值钱的。”

此后我便把这事给彻底地忘了；而他，却是刻骨铭心地，记了下来。每次我从他的摊儿前经过，还老远呢，他就冲我打招呼，脸上带着我熟悉的卑微歉疚的笑容；这笑曾一度让我不习惯，常常是绕道走，但还是躲不开他。有几次他还关心地对我嘘寒问暖：看我瘦了，便说别太累着自己；看我脸色不好，便开导说凡事宽容点。同学们皆惊讶，说我怎么突然跟一个修鞋匠成了朋友，我便多次解释，说：“哪能呢，我和他怎么能是朋友？不过是他自作多情，以为自己跟我是多么相熟的人罢了。”解释之后，又有些烦乱，愈加地觉得他讨人厌烦，索性对他的招呼冷下脸来，不再搭理。

他终于看出了我的不悦，不再试图讨好。这样时间很快地过去，转眼我就毕了业，去了相邻的城市。关于他，还有那件旧衣，则被我一同抛在了旧日的时光里。后来有一天，大约是我毕业两年后，我回母校，经过公寓门口时，竟又看到了他。依然是两年前的模样，似乎时光定格在毕业前，再没有前行。看着那一张张鲜亮温润的脸，还有他饱经风霜的容颜，我心中的某个部分，突然地柔软下去。

我下了车，径直走到他的摊儿前。他抬头，脸上的微笑，瞬间变成了诧异，然后便是昔日我习惯了的愧疚和不安：“孩子，毕业的时候怎么也不给我说声啊，我有力气，能帮你搬运东西呢。”看我一脸的平淡，便又接着讪讪补充道：

“当然和别人不一样，对你肯定是不收费的。”我终于在他一如往昔的拼命要补偿什么的愧疚面前，叹了口气，说道：“不过是一件旧衣，干吗您还记着呢，多累啊？”

他停了许久，才低声开口道：“可再怎么旧，那也是您朋友送的啊，给您弄丢了，也就弄丢了您一份旧情；而情一旦欠下了，除非原物，别的任何东西，都是还不上的……”

我终于明白，自己一次次拒绝他的补偿，拒绝他的示好，甚至是他一个温暖的微笑、一声谦卑的问候，原也是欠下了他一份难以归还的真情。

路过有温度的城市

曾路过许多个城市。仅仅是路过。

我记得在A城，下车后迷了路，一个人提着大大的箱子，却不知道于车水马龙之中，该迈向何处。那是我第一次去一个遥远的城市旅行，在网上订好了青年旅社的房间，却在出了车站后便找不着北。

那时的我，不过才十八岁，遇人羞涩、拘谨，常常未开口，便先红了脸，忘记了想要找寻的答案。我捏着一张皱皱巴巴的地图，站在公交站牌下，鼓足了勇气，朝一个看上去还算面善的女子走过去。当我将要去居住的旅社的名字说出后，便低下头，等着女子冷漠地回答“抱歉”。可是，我等了足足有一分钟，却没有换来任何的回复。我慌乱地抬起头，看见女子依然一副旁若无人的样子，站在队伍中，等着公交车开过来。

我以为女子没有听到我的问话，便提高了声音，谦卑地重复了一遍自己的问题。这一次，女子终于回转身朝我看过来。我眼里的温度，那一瞬间，几乎可以将自己融化掉。可是，她却只是看看，不带一丝的表情，然后便装作什么也没有发生过，继续等待自己的行程。

我终于在女子毫不留情地穿越重重障碍，挤上紧急刹车的公交车后，彻底地失望了。我站在A城初春的凉风里，觉得那冷，像某一种菌类，迅速地繁衍、膨胀，直到最后，将我吞噬。

也就在这时，身后有人拍拍我的肩膀，说："嗨，小姑娘，你刚才所问的青年旅社，我正好路过，要不，我们拼车吧。"我回过头，看见一个壮硕的男人，微笑地看着我。想起报纸上报导过的那些案例，我竟是紧张地立刻提起箱子朝前走了两步。男人在我的恐慌中，突然间笑了，露出整齐的牙齿："傻丫头，怕我吃了你不成？不过是顺路，想要找个人平摊路费，省点儿钱罢了。"

我终于放松了警惕，表情柔和下来，答应与他同行。我记得一路上他一直在大笑，偶尔会问我几个问题，但大部分时间里，是他一个人在讲；这个城市的种种，在他溪水般哗哗流淌的讲述中，像那蓝天上清晰倒映的枝干，刻入我的生命。

下车的时候，他却很固执地拒绝让我支付我所应分担的那一半车费，而且，因为我的坚持，近乎不耐烦地催促我赶紧下车走人，因为他要赶时间去上班。当我提了箱子下车的时候，他还在与司机侃着当日的小报新闻，眼睛，在后视镜里，连看都没有看我一眼。

等到穿越天桥，我在马路边上停下来，买了一份当日的报纸，一扭头，看见一辆出租车，从身旁经过。那辆出租车里，坐着那个与我同行了一路的男人。我看见他将手放在窗户上，做了一个可爱的致意的动作。那个瞬间，我看着逆着我们来时的路而行的出租，还有日渐模糊的男人的身影，突然间就对这个陌生的城市，充满了无限的感激。

后来，我再也没有去过 A 城，但我却不断地在报纸上、电视中以及网络里，看到 A 城的名字，以及与之相关的新闻，甚至娱乐八卦。我总是能够在铺天盖地的消息里，敏锐地捕捉到 A 城的气息，那种清新的、温情的、湿润的感觉，吸引着我，为之驻足、流连，并将与 A 城擦肩的过往，像一头陷入回忆的老牛般，不断地反刍，反刍。

甚至有一天，当我在路边广场上很大的屏幕前，无意中看到 A 城阔别久远的车站名字时，我竟是站在日渐纷繁的雨中，惆怅地将那则有些干涩枯燥的新闻，细细地品完。

也就是那样的时刻，我知道 A 城已经刻入我的生命，成为众多清晰纹路中的一条，昭示着我日后的行程。

此后我又去过许多个城市，路过，或者短暂地停留，然后离开，奔赴新的地方。我常常忘记那些城市里知名的旅游胜地，忘记被过度渲染的名吃或者名人，忘记它曾经代表的某种荣耀的象征，但是，我却总是在孤单的行走之中，想起那些结实地将我簇拥过的路人，想起那一抹微笑的动人、一句言语的柔软，或者，是一个掌心的温度。

而这样的想念，才是一个城市，于一个路人，最真实的所在。

亦是如此的贴近，让我不断地路过许多个城市，但却，不仅仅只是路过。

谁弄醒了做梦的小孩

对门新来了一个六岁左右的小男孩儿，尽管穿了一身簇新的衣服，但那口浓重的河南口音，还是掩不住他初来乍到时的羞涩和紧张。在楼道里遇到过他和对门男主人几次后，便知道他的父母都在北京打工，他又到了上学的年龄，便被父母接了来，暂时住在舅舅家里，并借读于附近的小学。

这显然是一个从小生活在农村里的孩子，趁人不注意的时候，他会爬到小区树上，折了柳条做成哨子，吹出一首嘹亮的曲子。他的书包里还装着乡下带来的弹弓，一不留神，就朝那青天上用力射出一粒石子，嗖的一声恰好击中一只麻雀的要害。起初还有一两个同龄的孩子出于好奇和新鲜，千方百计地接近他，并讨好他教授一些好玩儿的游戏。但那新鲜劲儿一过，再加上男孩儿土里土气的方言，跟北京话有些隔阂，周围的小孩子们便纷纷地远离了他。

但男孩儿并没有因为这样的孤单而显得寂寞，他似乎开始慢慢习惯了北京的生活，或者，是习惯了被人孤立的无助与失落。我很少见到他的父母来这里看他。周末的时候小区花园里到处都是陪孩子散步玩耍的父母，而男孩儿却是一个人坐在花园深处的一张木椅上，沉默不语地抬头看天。我不知道他究竟如此专注地在看什么，天上不过是飘着几朵慵懒的白云，还有鸽子迅疾地飞过。我猜想他其实是借这样的方式，来掩盖自己被人遗忘的孤独。有时候我刻意地想要走近，与他聊几句话，却每次还没有在他身边坐下，他就条件反射一样结束了自己的观望，背起书包快步走回家去。

他的舅舅大约在一个单位做着不大不小的官，常常就有人提了东西，在没有月亮的晚上，躲躲闪闪地过来送礼。每一次我都看见是男孩儿在开门，有时客人为了搭讪，客气地说句废话，问他“陈科长在吗”，他就冷冷地闪开身，朝沙发上一努嘴，算是做了答复。他这样的举止，常常会换来舅舅的呵斥，说：“小孩子怎么那么不懂事，说句话还累死你不成？”但有时候，做舅舅的也会冷淡着脸，装作品茶，对来客连欠身迎接的力气都没有；这大抵是因为他的舅舅一眼扫过来者带的东西并不贵重，心里先自不屑了几分，所以也便不计较男孩儿的无理。

男孩儿的舅舅显然是一个擅长办事的人，否则也不会隔三岔五地便有人来敲他家的门。男孩儿当然没有自己的书房，要挤在茶几上，边听大人们谈话，边写老师布置的作业，所以难免走神，在作业本上弄些错误出来。有一次我在楼道里，遇到他的舅舅，正在接听男孩儿班主任打来的电话，说他上课心不在焉，作业也应付了事，竟然还在上面画起画来。他的舅舅便问画的什么，老师便回答说画了一大瓶茅台、一小瓶二锅头，还有个一只眼睛兴奋发光一只则冷淡白眼的男人脸。这件事的当天晚上，我便听到对门传出男孩儿被打的委屈的哭喊声，还有他的舅舅气愤的责骂声。

几天后我便见到了男孩儿的父母，他们的穿着告诉我，这是一对在某个粉尘飞扬的工地上干活的夫妇。他们提了东西小心翼翼地敲着对面的门，我从猫眼里看到他们将手里的水果紧张地提起放下，又放下提起，还不住地拍打着身上的灰尘。片刻之后门打开来，男孩儿首先冲出来，抱住了他的母亲。男孩儿的舅妈客气地将东西提过去，又假装唠闲话似的，说："这孩子不知道是想你们了，还是不适应北京的生活，上学上得没他舅舅那时带劲啊。"这句话立刻让做父母的局促不安，一个劲儿地说："这孩子真是给你们添麻烦了，实在不行等过阵子还是把他送回河南老家去吧。"

但也只是这样说说，男孩儿还是留了下来，一天天背着书包往返于学校与家之间，并变得愈发地沉默寡言下去，连小区里爱逗他说河南土话的大妈大爷们，也懒得再跟他搭话。只有花园里那条流浪的小狗，倒是跟他相处融洽，还能常常从他那里领到一份小笼蒸包的恩惠。我也只有在他和流浪狗玩耍的时候，才能够从他的脸上，瞥见一抹孩子才会拥有的童真。

暑假到来的时候，男孩儿终于有机会回河南老家。他即将离开的前一天，我又在花园里遇见了他。不知是因为要回家的兴奋，还是因为他与流浪狗玩儿得开心，竟然没有介意我坐在他的旁边，并有一搭没一搭地跟他搭讪。

我记得当我试探着问他喜不喜欢自己的舅舅时，他给了我一句意想不到的回答。彼时他头也没抬，就冷冷道："他就会装模作样！"说完了便不理会我的惊愕和更多的问题，带着流浪狗走开了。

我在夏日傍晚蒸腾着暑气的路灯下，看着这个背影瘦削孤单的男孩儿，无声无息地穿过一丛灌木，又经过几株法桐，最后拐过一个楼角，消失不见。我突然觉得有些难过，为这个本应舞着刀枪棍棒，在父母怀里撒娇的童心未泯的男孩儿。每一个小孩儿都曾经盼望着快快长大，可是这样被俗世里摸爬滚打的大人们一路逼迫着，催熟了的冷漠小孩儿，我却宁愿他在童真的温暖躯壳里，待上一会儿，再待上一会儿，一直将这个童年的梦，做到天光大亮自然醒。

无花果也有似锦的春天

她当初之所以放弃重点高中，选择这所普通学校，原因简单到无人会相信——因为在这所以艺术为主的中学里，老师们不会对奇装异服作出限制，而天天戴一顶帽子上学，更是不会引起任何人的评议。

她有许多顶帽子，绣一朵娇羞小花的，带闪亮星星的，有亚麻质感和纹理的，飘有柔软丝带的……每一顶，都是一种风情。这在以学习为主业的市重点里，无论如何，都会引起众人的非议——要么说她矫情，要么指她怪异，要么被老师上课飞白眼，要么遭女生嫉妒。而在这所崇尚张扬、推崇另类的艺术高中里，她这样的装扮，引来的，至多，也就是欣赏的一瞥；那些学习音乐、绘画和表演的女孩子，任何一种的衣饰拿出来，都比她要眩目且独特。而隐在姹紫嫣红的春天里，做一株默默无闻的无花果，正是她一直都想要的。

在这所没有旧日同学的邻市高中里，无人知晓她的秘密。她可以带着那些五彩缤纷的帽子，高昂着头，走过一个个比她美丽妖娆许多倍的女孩儿；而如果她们拿比试的视线挑眼看她，她亦不会像往昔那样，心内存有惶恐，继而将视线迅速地移开去；甚至，很多时候，她学会将同样带着点儿挑衅的目光，穿过湿漉漉的空气，和空气中浅淡的花香，送达对方的身边。这样的挑战，于她，像是一场从没有过的战争，她能闻得到那浓重的火药味，听得到半空里噼里啪啦燃烧的声音，可是，她竟是很奇怪地，享受着这一切。而这让她自己都惊讶的改变，不过是因为那个让她难堪了许多年的秘密，被一顶顶精彩纷呈的帽子，遮掩住了。

假若没有那次集体歌唱比赛，她或许会在这所学校里，永远这样快乐地过下去。偏偏，生活在很多时候，并不会按照预想的轨道，平稳地滑下去；一不留神，它就偏离了方向，滑向她极力想要避开的沼泽。

那是到比赛快要开始的一场排练中，她身后的一个女孩，笑嘻嘻道："嘿，千万别忘了比赛时摘下你的帽子哦，否则到时咱班得了冠军，人家摄影师过来拍照，你这宽大的帽檐，会将偶的花容遮去半个的哦。"周围的人皆笑女孩子的臭美，而她，却在那一刻，脸色变得惨白如纸。班里做指挥的男生善意地走过来，问她是不是太累了，她慌忙地摇头，又用力地点头，而后歉意地说声"对不起"，便低头走出了队伍。

那个叫棋的男生，第二天再次排练的时候，写纸条给她，说："如果你身体依然不适，可以退出比赛，如果你坚持要参加，那么，能否帮我劝说一下那些女孩子，与你一样带上漂亮的帽子上台呢，呵呵，因为，我突然发觉，这是一个吸引评委打高分的极佳策略呢。"她没有想到，这个她素来没有注意过的男生，会有这样的建议，难道，他已经洞悉了她的秘密？可是，她与他，连话都没有说过几句，他怎么会知晓的呢？既然他都知道了，那是不是就意味着，周围的所有人都窥到了她的伤痕?

时间短得容不得她做过多的考虑，除了接受将帽子作为装饰上台比赛的建议，似乎没有更好的办法，来减少秘密泄露带给她的无处可逃的恐慌与疼痛。

但这个建议一说出来，便招来许多女生的反对；尤其是那些对棋渐渐生出好感的女孩子，更是醋意大发，说："凭什么就因为她一个人戴帽子，就让我们所有人都扮演那个'效颦'的东施？与其让我们迁就她，不如用更省事的方法，让她摘掉帽子。假若她不肯摘，那只能说明她或者棋内心有鬼。"亦有人说，既然是她建议的，那就让她给每一个女生买一顶漂亮的帽子来好了。

她在种种的流言里，做回昔日那个缩在壳中的自己，就像那无花果，将小小的花，隐秘地藏在枝叶间，又用密不透风的花托，层层地包裹起来，不让任何人看到。可即便是这样，她还是感觉到了初春里料峭的寒风。

最终，是班主任出面，说："这的确是一个很好的主意，所以，如果大家想要争冠军，就按棋说的，戴上自己最漂亮的有蕾丝花边的帽子来参加比赛。实在没有的，可以借一借嘛。"班里的流言，因了班主任的决定，声势小了下去。她小心翼翼地在比赛的前一天，拿来许多顶蕾丝花边的帽子，交给棋，棋笑着看了她一眼，说："别只记得作贡献，你自己也要戴上最美的帽子来哦。"她没有接棋的话，但一颗心，还是因了这一句，瞬间有了温度。

那场比赛，他们独特的装束，果真给评委留下了最深的印象，最终，他们以一分险胜邻班。上台领奖的时候，很多女孩子纷纷兴奋地将帽子扔起来，她抬头，看着那些斑斓的帽子在半空里飞上飘下，犹如一只只灵动的蝴蝶；那一刻，她不知道究竟是什么鼓动了自己，勇敢地，做出了一个艰难脱帽的手势。而棋，就在这个时候，冲过来，一把将她的手按住。

她最终，放下了手。但她却是知道，这一次放下，并不是逃避，而是像洞悉了她所有秘密的棋说的那样，放下心灵的负荷。她可以选择一顶又一顶的帽子，遮掩住头顶巴掌大烫伤的印痕；亦可以像无花果，用结实的花托，为自己的青春，做一间小小的房子，而她的心，在其中，呼吸畅然，翼翅轻盈。

是的，为什么不呢？无花果小到无痕的花朵，不同样能够扮靓这个湿润芬芳的春天吗？

谢谢你为我歌唱

在开往北京站的地铁上，我遇到了他们。

是先注意到她的，一个不过是十八九岁的农村女孩儿，大大的包裹，几乎占据了好几个人的位置。正是下班的高峰时期，人的心，在日间的奔波里，已如一个被踢打得伤痕累累的足球，本已失去了耐性，所以任何外来的摩擦，都会针一样，将内里鼓胀的气体，砰一下全都发泄出来。不知是谁，被人踩了一脚，骂骂咧咧地吵嚷开，一只欲要踩下去的脚，正巧踩到了女孩子的编织袋。像是一只左冲右突中，终于寻到了出口的小兽，那个气急败坏的男人，对地上闷头闷脑的编织袋，恶狠狠踢了一脚，骂道：“你这袋里装的是活人怎么着，占这么大地方？！行李不收费，也不能这么招摇啊，干脆将你整个家都搬到北京地铁得了！”

周围人的视线，在这一通喊叫里，全都淡漠地移过来。像看一场与己无关的电影，不管其中缩在角落里的女孩子，怎样卑微地低头认错，低低地说对不起，看客们照例闲嗑着瓜子，品尝着奶昔，咀嚼着糖块儿。但也有人，在女孩子的窘迫里，不屑地丢一个白眼，而后转过脸去，继续看窗外急速滑过的风景。

没有人注意到女孩子的眼睛，悄无声息地红了。她将行李紧紧地贴在车厢壁上；而自己，则如一株藤蔓，以最小的空间，依附在行李袋上。尽管她尽力地别过脸去，不让对面的我，看到她的眼泪，但我还是从她耸动的双肩上，窥见了她内心的伤痕。我突然对那一刻的她，生出些许的同情。我很想走过去，拍拍她瘦削的臂膀，告诉她，别跟那些冷漠的城市人计较，或许他们自己，也被生活的重担，压得几乎没了喘息的机会，否则，就不会这样焦躁暴怒；或许他们有比你的贫穷，更难堪的内核，只是不会像你起了毛球的衣服，那么轻易地就被人窥到。

而那个弹吉他的男孩儿，就是在这时，映入了我的视线。起初隔着拥挤的人群，听到浅淡柔软的歌声，水一样温柔漫过来的时候，我以为是地铁广播里播放的音乐，所以微闭上双眼，静静享受这闭塞空间里难得的心灵之音。片刻之后，睁开眼睛，便看到了他。大约也是十八九岁的少年，怀抱着吉他，深情唱着一首美国的乡村歌曲，大大的吉他袋子则系在腰间。如果不是无意间瞥见里面散乱的一元钞票，我是不会相信这个有着温暖笑意的帅气男孩，是来地铁卖唱挣钱的。或许很多人都习惯了这样艺术的乞讨方式；或许他们为生计奔波的心里，已经没有了音乐的位置；亦或许他们根本就不屑搭理这个笑容青涩、眼神却并不卑微的男孩儿。

这样的冷落，男孩儿并不介意，他依然专心地弹着吉他，将优美的歌声和恬淡的微笑，花一样徐徐绽放在空中。偶尔有人投一个硬币给他，他就鞠一个躬，真诚地道声谢谢；言语里，听不出任何因贫穷而生的卑微和躲闪。似乎，他到这里来，只是为了唱歌；若是听众给钱，则是对他歌声的赞美，不给，亦是情理之中的事。

就在男孩儿准备下车的时候，角落里一直低头拭泪的女孩儿，突然伸过手来，将一张攥皱了的一元纸币，轻轻投入男孩儿的钱袋。男孩儿看到这个衣衫黯淡、眼睛红肿的女孩儿，有一瞬间的诧异，但很快他就如往昔一样，深深地鞠一个躬，柔声说一声“谢谢”。那一刻，我在男孩儿的平静里，为自己脸上鲜明的惊讶而愧疚；我想为什么贫穷的人，就没有资格给予一份微薄的捐助呢；这个世界上，爱心的捐献，是不分贫富与贵贱的吧？

就在车门打开，男孩儿抱了吉他马上就要下去的时候，在一阵混乱里，女孩儿竟丢下自己的行李，两步赶过来，在喧嚣里红着脸对男孩儿说了声“谢谢”。她的声音不大，但我还是听得很清晰；且知道，为了这两个字，她当是鼓足了生平所有积蓄的勇气。

车门又关上的时候，那个女孩儿的脸上，已不复先前的感伤。她秀气的眉眼里，竟是神奇般地染上了男孩儿飞扬的神采。似乎，他并没有走远，而是依然陪在她的身边，一首首地唱着那些将她的心深深浸润了的歌曲。

事实上，男孩儿的确没有走远，他只是去了隔壁的车厢，依然是唱着，只是听不见声音；只看见他的唇，在一群人中，开开合合着。偶尔，从窗户里，看见这边女孩儿的影子，会浮上一抹只有他与女孩儿，才能真正懂得的微笑。

我想这微笑，不是穷人之间，生出的惺惺相惜；而是因为，这一程陌生的旅程，他们曾经如此结实地被感动簇拥。

有没有阳光温暖过卑微的你

每天去电影学院蹭课回来，都会路过北京电影制片厂。我有时候，会刻意地走辅路，这样，便能与他们擦肩而过，并闻到他们身上散发的味道。

他们是北京，卑微的一群人。夜晚住晒不到阳光的地下室，白天则坐在北影厂门前的台阶上，从日出，到日落，耐心又焦灼地等待着机会的降临。他们与劳动市场上等待被挑选的民工或者保姆们一样，渴盼着在某部电影里，饰演一个小小的角色。哪怕，只是一个侧影、一具尸体、一双眼睛、一声叹息，或者，被无情的剪辑师，一剪刀下去，只剩半个臂膀。

他们在台阶上，边期待着门口有某个导演出来，边无聊地打着哈欠，说着笑话，骂着粗话，或下一盘不知道有没有结局的象棋。他们衣着黯淡，神情沧桑，像日积月累，阳光下灰尘满面的石像。他们之中，有父亲、母亲、妻子、丈夫以及儿子、女儿。他们为了几十块钱的一个群众角色，会疯狂地拥挤和争抢。但等待的漫长时间里，他们则会谈起家常，谈起困顿艰难的生活。这样的闲聊，于他们，是一种比电影更温暖的慰藉吧。假若没有彼此的交流，不知道，他们在这里，能够将对于电影的挚爱，与美好生活的期求，坚持到多久。

有一天，我看到两个十八岁左右的少年，他们躺倒在初春黄绿相间的草坪上，微闭着眼睛，看着头顶温暖阳光里，斜伸过灰墙的一株枣树瘦削光秃的枝干。我很想知道，那一刻，他们在风中微微晃动的小梦里，有没有故乡另一株同样枝干虬曲的枣树？或者，是某个初恋时笑容甜美的女孩儿？我看了他们许久，直到他们睁开眼睛，朝我淡淡地瞥一眼，我才慌慌地，一低头，走开去了。我突然觉得，我是如此地粗鲁，让人讨厌，以如此尖锐的视线，撕开他们不想让外人指点的斑驳的生活。

我想起在中关村一家电子产品商店里，看到的另外一个男孩儿。大约也是十八岁吧，看到我经过，很温柔地喊我“姐姐”，又将我引至店中，倒水给我。我看一眼店内不多的相机样品，知道这样的店，未必可靠，便打算转上一圈，就找理由走人。转至一款佳能的新款相机前时，我问：“能给我介绍一下这款的功能么？”他忽然就红了脸，低声地朝我道歉：“对不起，姐姐，我，我是新来的，还不太懂。您先坐下等等，我们很专业的同事马上就过来为您讲解，好吗？”

我看一眼这个头发还处在高中时代朴质时期，没有被这个城市染成五颜六色的男孩儿，有一丝的心软，想着要不要留下来，看一看这款相机。但也就是片刻的犹豫，让我对于相机品质的追求，还是战胜了我那不多的同情心。我客气地向他道别，又撒谎说：“有点儿事，一会儿再过来看看。”他却一下子被我弄慌了，声音低低地恳求我：“姐姐，再坐一会儿，就一会儿，好吗？我们店里肯定有您喜欢的相机，即便是没有，也可以为您去别家调货的。”

我也低了头，不敢看他的眼睛，疾步走出店门，直奔走廊尽头的电梯而去。而他，却是不舍不弃地，跟在我的后面，一声声地，喊我“姐姐”。他的恳请，不是别家店里，那种近乎地痞的大声喊叫与拦截，他只是这样喊着我“姐姐”，并悄无声息地一路跟着。像路边的一又小猫，或者小狗。

电梯门终于开了，我快速地钻进去，门关上的那一刻，我看见站在电梯门外的他，一脸的忧伤与失落——为没有将我这样一个潜在的顾客，挽留住。我看着电梯数字不断地变换，突然地心中浮起一丝的难过。我想起自己在外地打工的弟弟，是不是，他也曾这样苦苦地求过一个顾客？是不是，他的第一次与人交往，也曾想过以真诚而不是痞气，换来他们的好感？当他走在不属于他的城市里，有没有过与这个男孩儿一样，被人冷落的感伤？

忆起在北京的798艺术区，看到过的一只纯种的波斯猫，很瘦，是被某个有钱的主人，给遗弃了的。我不知道它究竟悄无声息地，在我身后，跟了有多久。我只知道，当我无意中回头，看到它在冰冷的傍晚，被风吹起的脏兮兮的毛发，突然间就心内涌起无法抑制的悲伤。它曾经被人类无情地抛弃，可它还是因为昔日受到的一点儿好，而记得人的怀抱，并执拗地跟着我，渴盼我能将它领回家去。

我终究没有将这只流浪猫抱回去。我只是从路边的小店里，买了一瓶酸奶，放在它的面前。它温顺地看我一眼，而后低头去喝酸奶，每喝几口，它就会停下来，蹭一蹭我的鞋子。它显然是饿极了，最终埋头像个婴儿一样，香甜地啜饮着。而我，它寄希望于能将它收养的人类，就在它低头的时候，悄悄走开。

我一直没有回头，但我却知道，背后，是一双忧伤的眼睛，在一直一直望着我冷硬的脊背，不肯低头，再喝那瓶带了同情也含了无情的酸奶。

这个城市的阳光，日日普照，它分给我们每一个生命，一样的温度与热量。可是，当我走在路上，看见那些卑微的生命，看见他（它）们在阳光下为了一份工作、一个角色或者一杯牛奶，而向另外的生命乞求的时候，我总是希望，阳光，会偏心一点儿，再偏心一点儿，一直到有足够的温暖，将他（它）们同样具有尊严的生命，温柔地环住。

就像，一双母亲的手臂，环住柔弱女儿的肩膀。

秘密是一朵永远不会绽放的花

那一年，她在北京读书，靠贷款，艰难又顽强地支撑着自己的学业。

她所在的班里，总共十二个人，清一色全是女孩儿。她喜欢这群热情乐天的女孩儿，她亦喜欢安静地坐在她们旁边，听她们得意地挑着眉，胡吹神侃。她从没有因为自己经济困窘，而自动地与她们这一群生活优越的女子划清界限。而她们，也从没有因为她衣着朴素，而不屑与她聊起新款的阿迪、耐克。许多人在校园里，看见这样一群携手招摇过市的女子，常常会惊叹：竟然还有如此心心相印的一群，简直像枝头的一簇花儿一样呢。连她们的导师，也称赞，说，带过的每一届学生，都因为大家忙于挣钱忙于恋爱，而让一个集体，如一盘散沙；唯独这一届，虽然全是任性爱臭美的小女子，偏偏站在一起，像一株白玉兰，大朵大朵的花绽放开来，便是一个粲然的春天。

但她还是在那一年的秋天里，偶尔感到了一丝想要逃避的凉意。她们怀揣着一股子诚挚的浪漫，决定在这三年里，将十二个人所处的城市，不仅逛遍吃遍，而且每到一个城市，要由“东道主”负责一切的旅游费用。这个决定一出，她便有些默然。但她并不想扫大家的兴，只是悄无声息地退到一边去，等着她们商量出最终的行程路线。

最后，她们决定抽签来确定三年的旅游线路。她依然记得那一个秋日的清晨，她与她们，坐在银杏飘香的窗前，等着班长，将十二张写有数字的纸条，团成一个个小小的球。她的脸上，除了微微的紧张，还有一丝丝的哀伤。她希望自己能够抽到最后一个，这样，她就可以用三年打工攒下的钱，请这样好的姐妹，逛一次自己的小城，尽管那个小城里没有高楼大厦，也没有长长的购物街，但那里有青山绿水，她可以带她们在小溪旁的绿地上，宿营，点起篝火，唱歌，或者笑成一团。但是，她更愿意做的，是一个旁观者。她并不抱怨命运，给她这窘迫又难堪的三年，她不想让人看到自己的伤口，但她会微笑着，为她们充满迷人芳香的旅程，点起祝福的火把，将她们过往的每一个小站，一一照亮。

班长将十二张纸条，郑重地放在桌子中间的时候，很酷地一伸手，指指坐在身旁的她，笑道："今天我这班长，为自己谋点儿私利，谁有幸挨在我右边，谁就先抽。"她羞涩地低下头去，为自己的这一"特权"，微微红了脸。其余人则"嗷"一声取笑班长的自以为是，但笑过之后，则嚷嚷开："小妹，这次就给班长一个面子，你先抽吧。"她看一眼眉飞色舞的班长，笑一声，便将手伸向桌子，又略一停顿，便拿起其中的一个。她刚一拿起，其余十一只手，便飞速地将纸团全部捏起。她还没有打开，周围的人便高声嚷开了自己的顺序。班长则在一旁，飞快走笔。她是最后一个，将自己的号码，告诉班长的。事实上不用告诉，班长也从记录里毅然地断定，她定是最后的一个。

她跟着她们，在这三年里，去遍了许多个城市，上海、广州、西安和南京。每到一个女孩儿的家乡，她们的父母，总会尽最大的热情，来招待这群手足情深的女孩儿。吃饭、住宿、车票，全都给她们免掉。她们所要做的，就是疯跑遍整个城市，将它所有的特色之处，一一收进记忆的行囊。她们在南京，模仿《红楼梦》里的金陵十二钗，穿上古衣，拿一把小巧的檀木香扇，犹抱琵琶半遮面地，在古镇上留影纪念。路上的游人，看见她们可爱张扬的模样，皆会轻叹："多么美的青春！"她在这样的瞩目里，总会下意识地摸一摸口袋，那里，有她专门的一个卡，卡中，是她一点一点积攒的一笔钱，她知道，当毕业来临，她的钱，也就够了。

三年的时间，很快地过去。在这三年里，每一次的集体活动，她都会参加。每一次，她都没有为费用为难过，因为，她们有那么多的理由找人"埋单"。这群女孩儿，充分发挥着小女子的黏性，赖着自己的老师、学长以及父母，请这"浩荡"的一群，吃饭，游玩，买喜欢的纪念品。而她，则跟着她们一起，享受着作为小女子的特权。

终于轮到她来买单的最后一次旅行。她将攒好的两千元钱，点了又点，知道足够来回的路费，便微笑着给她们打电话说："我们，去做最后一次旅行吧。"那时的她们，正在为各自的工作四处奔波，但为了这次驶向终点的出行，十一个女子，皆从全国各地，聚拢了来。就在出发的前一天，导师突然打电话给她，说："你们可真是不讲义气的小女子，这最后一次出行，也不邀请我去。"她呆愣片刻，随即愧疚，说："如果老师真能抽出空来，女孩子们都会高兴坏了呢。"

那次出行，女孩子们轮番地拍导师的马屁，直拍得导师白她们一眼，嗔怒道："早知道你们心里的花花肠子了，放心吧，我会大方地把没花完的经费拿出来，赞助你们来回路费的。"一群女子皆哗哗地鼓掌，说："我们替小妹谢谢老师哦。"接着她们一脸羡慕地转向她，说："小妹，到了小镇，你可要好好做一桌家乡菜，感谢我们为你大力拍马哦。"一车厢的人，皆笑趴下，而她，却在这样突如其来的幸福里，扭头，落下了眼泪。

是到了许多年后，她上网，看到一个同门师妹的博客，讲起她们这群"金陵十二钗"，才知道，她们为她，保守了一个怎样的秘密。那次抽签，所有的纸条上，都写着"12"。而每一次出行，大家其实都是自费。三年里，她们集体出游过十一次，一起吃过无数次的饭，每一笔她需要付出的费用，都是这十一个女孩子自动地分担了。她们为了她的自尊，将每一次需要花钱的饭局、出行，都找了完美无缺的理由，让她如此安然地享受着作为女孩子的"特权"。甚至，在最忙的毕业前夕，她们集体去求导师，让他帮忙，给她最后一个免费出行的理由。

她们究竟为她，在三年里，编下多少个理由，“埋下多少次单”，她都记不清了，但她却知道，那朵永远不会绽放的秘密之花，会为她记得，这一世都不会凋零的温情。

包利民

黑龙江人，专栏作家，《读者》《青年文摘》《意林》《格言》等期刊签约作家，畅销书作家。黑龙江省作家协会会员，教育部“十一五”课题组文学专家。已在海内外各大报刊发表文章近万篇，获各级奖项若干，千余篇文章入选各类丛书，有文章入选小学语文教材，多篇文章入选高考和中考语文试卷。已出版《当空瓶子有了梦想》《一朵花开的时间》《一条鱼眼中的海》《不能跳舞就弹琴吧》《给星星找片夜空》《低头见花》等十余部作品。

捡拾一地暖

那个时候我还小，家还在农村。我家是村西的第二户，第一户是几年前从唐山搬过来的一家。那户人家很穷，虽然当时每一家都不富裕，可他家里，更是一贫如洗，只有一个人的口粮地，产的粮食甚至不够一家人填饱肚子。

秋天的时候，家家户户从田地里用马车往回运粮食，他家就更显落寞。每当有马车从门前的土路上经过，他家的两个孩子都会眼巴巴地望着。车过后，他们便冲到路上，去捡那些从车上掉下来的玉米棒子或谷穗什么的。整个秋天，他们捡的粮食数目也是极为可观的，甚至够他们一家维持大半年的。这让我们很是眼红，于是也想着在车经过时去路上捡，却被大人们严厉制止。便想不明白，为什么他们可以捡，我们却不行。

有一次，帮叔叔家收地，拉了一车的玉米棒子回村里。我和叔叔坐在马车上，身下是金黄的玉米棒子。从村西刚一进村，路过那户人家门前时，叔叔故意用脚把一些玉米棒子蹬下车去。我问：“你这是干吗？”叔叔不让我回头看，说：“他家的情况大家都知道，又不好直接给他们，只好这样做。你没发现吗？咱村里的人家，田地在村西的，往回拉粮食时，都会在他家门前故意掉落下一些！”

多年以后，在一个城市当邮递员，常去十千米外很偏僻的一个军营送信件。由于熟悉，所以每周要去的时候，我都会搭乘他们在城里往回拉煤的汽车。在军营附近，有几户人家，很破败的草房。有一年冬天，我坐着他们的军车去军营，车上拉的依然是煤。经过那几户人家时，开车的小战士，不知怎么便将车开得极为不稳，其实道路倒是很平整的。小战士告诉我，这样做只为了从车上颠下一些煤去，给那几户人家。而且，他们每一辆车的司机都会这么做，倒不是为别的，只是大家觉得，这几户草房，看起来极像他们的家乡，给他们一种温暖的感觉。

我觉得，那几户人家一定也知道经过的每一辆军车都是故意这样做，因为坐在车上，我会看到他们望向军车那温暖的眼神和灿烂的笑脸。那样的时刻，我的心里也暖暖的，仿佛整个冬天都变得不那么寒冷。

有个朋友曾给我讲过她的一段经历。那时候她上班到很晚，下班时正好赶上末班车。冬天的时候，天便早已黑透了；她坐车一直到终点。终点在一条街的尽头，而她家，就在正对着街的一条深巷子里。她说：“我都是最后一个下车的。而那车也不开走，依然亮着前灯，正好照进通向我家的深巷子，我便一点儿也不害怕了，踩着那一地明亮的光走向家门！直到我进了家门，公交车才掉头开走。”她也知道，那个好心的司机一直这样默默地关照着她。虽然那个时候，她的一切都很不如意，可是却从没丧失过希望，就是因为寒冷黑暗的路上，那一束暖暖的光。

有一年回故乡的县城，遇见了当初在农村时邻家的两个孩子中的一个。他在县城里开了一家计算机公司。闲谈间提及故乡的小村子，他对我说：“那时候我家很穷，是那么多的好心人家帮了我们，要不，我和弟弟不可能总在我家门前捡到那些粮食……”

是的，在长长的来路上，我们总会捡拾到许许多多的温暖，让我们有勇气有力量度过那么多艰难黯淡的境遇。其实，是有许多许多的人，在默默地关心着我们，是他们在我们眼前的路上撒落了那么多的温暖。所以，我们也应该继续把这份温暖撒落给别人，就像不经意间撒落下的种子，会在别人的心里开出最美的花朵！

我只要一句祝福

去年夏天，我和一个朋友在哈尔滨车站办事。站前的人很多，熙熙攘攘的，一片嘈杂。由于要找的人不在，我们便在一个阴凉的地方等着。这时一个三十多岁的妇女走到我们面前，有些怯生生。还没等她开口，朋友对她一挥手，说："没有零钱！"她犹豫了一下，转身走了。

遇到这样的人，有时的确很让人厌烦。于是和朋友发了一通感慨，回头间发现，那个妇女不知何时又来到我们身边。见我看她，她忙说："我不要钱，也不要东西！"我们一愣，问："那你有什么事吗？"她说："我想请你们帮个忙！"我和朋友交换了一下眼神，问："帮什么忙？"她用手一指不远处，在那边的柱子下，斜倚着一个小女孩儿，七八岁的样子，长得又瘦又小。她说："那是我的女儿，今年七岁了。她从三岁开始就随我四处走，有时钱花没了，我们就在人多的地方要点儿钱。我们是出来找她爸爸的，她爸爸在外边打工，一走就是七年，没有消息！”说着，她用手抹了一下眼角。

我问：“我们有什么可以帮你的吗？”她笑了笑，露出一口很白的牙，说：“今天是阴历六月初九，我女儿的生日。可怜她从小就跟我在外面跑，从没好好地过过一次生日。去年过生日时，是在沈阳，我给她买了几个橘子，她以前从没吃过橘子。那天她忽然问我：‘妈，别人家的孩子过生日时，都有人说生日快乐，怎么没人对我说呢？’我就告诉她，等来年过生日时，就会有人对她说的。她就开始盼着过生日，可是，一上午我求过许多人，没人理我啊！”

午后的阳光暖暖地洒在大地上，我心中忽然涌起一种说不清的情愫。我和朋友来到那个小女孩儿面前，她有些惊恐地看着我们。我俯下身问她：“你叫什么名字啊？”她看了看妈妈，小声说：“我叫琳琳！”我说：“今天是琳琳的生日，叔叔祝琳琳生日快乐，天天都快快乐乐的！”这时朋友在旁边轻声唱起了“祝你生日快乐”。琳琳愣了好一会儿，笑了，大声地对妈妈说：“妈，妈，真的有人跟我说生日快乐了！还唱歌呢！”她的妈妈也笑了，眼中有泪光闪动。

我拿出五十元钱，对琳琳的妈妈说：“给她买些礼物吧！”琳琳妈妈赶紧推开我的手，说：“我不要你的钱，你们已经帮了我很大的忙了。看把她乐的，她都很久没这么高兴过了。我还不知道怎么感谢你们呢！”我问琳琳：“你会写字吗？”她说：“我会，妈妈常教我的！”我拿出自己的钢笔送给她，说：“叔叔把这支笔送给你，以后就用它写字吧！”她看着妈妈，见妈妈点了头，才小心地接过钢笔，轻轻地抚摸着。朋友把他带的一个小本子也送给了她，她高兴得哭了。

临别的时候，琳琳忽然对我们说：“叔叔，我能亲你们一下吗？”我点头，俯下身来，她在我们的脸上亲了一下，说：“妈妈说了，等找到了爸爸，我就可以回家上学了！”目光中满是憧憬。

我的心生起了浓浓的感动——这些年来奔波劳碌，已很少有让我感动的人和事了。眼前这个小女孩儿天真的笑脸却直印进我心中最柔软的角落，让我的眼睛慢慢地濡湿了。是啊，人与人之间真的不需要太多的物质交往，有时只是一句轻轻的祝福，就会唤醒生命中许多的美好，让生活变得焕然一新！

领路的人

上初中时我不能算是一个好学生，学习很差，常常逃课出去玩。有一阵子很是迷恋电子游艺，又苦于没钱——家里对我零花钱的控制是很严的，所以我常常在游艺厅里过眼瘾。后来一个同学告诉我一个弄到钱的办法：离我们中学不远有一所成人盲校，他常去那里给盲人带路，到地方后可怜巴巴地说：“哥哥，给我点儿钱吧，爸妈加班，我还没吃饭呢！”便会得到一些零钱。

那天中午我来到盲校的大门口，正赶上放学，许多盲人走了出来。他们都二十岁左右的样子，大多戴着墨镜。很多人被接走了，最后剩下的几个也许家里人还没来，正在那里等待。机会来了，我走到一个姑娘面前——我已观察她好长时间了，因为别人都拿着一根手杖，只有她没有；她也没戴墨镜，眼睛大大的，只是没有光彩。我对她说："姐姐，让我带你回家吧！"她愣了一下，然后笑了，笑得很美，说："那就谢谢你啦！我家在西大桥，小弟弟，你能找到吗？"我连连说"能"，然后拉起她的手。她的手暖暖的，让我有一种依赖感。

一路上她不停地问我在什么学校、学习怎么样等问题，我支支吾吾地应付着。很快，西大桥到了，她说："好了，谢谢你小弟弟，我可以自己回去了！"我一下怔住，不知该如何开口要钱。她见我没放手，说："你不用担心，这里我很熟悉，你还有什么事吗？"我话到嘴边竟鬼使神差地变成："姐姐，我明天还来送你！"说完便跑走了。

第二天中午，我果然又去了盲校，那个姐姐还在门前等着，我跑过去拉起她的手就走。她感觉出是我，便笑着和我说话，我忽然觉得心里暖暖的。一连几天我都去给她带路，她给我讲述了她的经历：她原本有一双明亮的眼睛，可有一次因为眼睛有点小病，在医院由于医生用错了药，她便永远看不见这个世界了。她说："我天天上午来盲校学英语，虽然眼睛看不见了，但我不能让自己的心也处在黑暗之中。小弟弟，好好珍惜你现在的一切吧！"我的心忽然一阵悸动，那以后再没去过游艺厅。

那天中午，那个姐姐把我带进了她家，指着靠墙的大书柜说："这些书是我以前的，现在看不了了，全送给你，想看什么就拿！"从此，我进入了书的海洋，我的世界之中许多美好之门就此打开了。也正因为如此，我才会开始今天的文学生涯。

实在很庆幸那个中午去盲校给姐姐领路，其实在那条路上，是姐姐领着我一步一步走出青春的泥泞的。

温暖的手势

有那么一段日子，似乎是永无尽头的黯淡与落寞。当时栖身的小城，绿树掩映；我暂时居住的那条小街，那时开满了丁香花。只是每天垂头来去，竟忽视了那份美丽。有时沿街遇见那些来来往往的人，还有着一份无由的厌恶，仿佛什么东西入了我眼，都变得丑陋无比。

渐渐地，我注意到一个八九岁的男孩儿，他经常出现在路旁一所破旧的小二楼的阳台上。每天早晨，我去上班，经过时，他都会站在那里，直直地看着我，然后两手平放在腹部，掌心朝上，向上抬起，至胸口再放回腹部，如此反复，如同练气功的姿势一样。晚上回来，也是如此。本来心里就够烦的，一见这孩子莫名其妙的举动，更是说不出的讨厌。

越是讨厌反而越是下意识地强迫自己去看他，久之，觉得这个孩子可能智商有问题，好像也没有上学。我觉得街坊们应该知道他的情况，我却懒得打听；而且，邻居们之于我，就如熟悉的陌生人，从未说过话。渐渐地，也便对那个男孩儿熟视无睹，虽然，他每天还在我路过时，直直地看着我，做着那个奇怪的动作。

秋天的时候，我终于要离开小城了。忽然莫名地，对这条美丽的小街，对那些一度觉得庸碌的人，便生出一种亲切感。也许要告别这一段时光，才会蓦然涌起这种思绪。毕竟，他年回望时，也算是一个足迹。

离开的那天，走上小街，便有了一种全新的感觉。那个孩子依然站在阳台上，还是不变的动作，仍是那样看着我。忽然有了怜悯之心，便在楼下喊他。他表情和动作都没有变化，旁边摆小摊儿的一个大娘对我说："别喊了，听不见，又聋又哑的孩子，可怜！"原来如此，回头看了那个孩子很久，我才离去。

多年后的一天，我为写文章查一些关于手语的资料，忽然就看到了一个熟悉的手势，心中刹那间如起了雾一样，千里之外的那个小城再度清晰：开满丁香花的小街，那个聋哑男孩儿。忽然有了流泪的冲动，忽然明白了那个男孩儿为什么一直看着我。计算机屏幕上，那个手势的动画旁，注明着意思，那就是"快乐"。

我在楼顶看到了天堂

在一个深秋的夜晚，这个城市的一个广播电台正在直播一档"情感倾诉"的栏目。许多听众打进电话来，诉说着自己情感生活中的种种遭遇和遇到的那些伤感的事。女主持人红蕾便剖析一番后加以开导；也不时有热心听众打进电话，帮助红蕾排忧解难。因为互动性和现实性较强，这档节目一直很火，在那个时段拥有大量的固定听众。

大约二十二点四十五分的时候，一位女听众打进电话来。可以听得出来，她情绪波动很大，仿佛自言自语般，讲述着她的故事。她的故事并不离奇，却是让她伤透了心，仿佛对生活的希望和勇气都消磨殆尽了。和许许多多人的经历一样，年轻貌美的她遇人不淑，婚后受尽折辱，终于艰难地离了婚，而她视为自己生命的孩子也被判给了男方。她万念俱灰，觉得了无生趣。她断断续续地讲着，伴随着轻轻的啜泣声。最后，她说："我不想听到任何安慰和鼓励，我只是想把我的故事讲出来。今天夜里零点整，我就要从楼顶跳下去。我要穿着一身红衣服，都说这样自杀死后会变成厉鬼，我要阴魂不散地缠着他！"

还没等红蕾说话，她就挂断了电话。红蕾意识到事态严重，而此时，时间已接近午夜十一点半。她向导播要来那女子的手机号拨打着，却是无人接听。于是她通过电台向广大听众求援，无论如何要救这个女子。很多听众打电话献计献策，经过分析救她可行性都不大。要在这个城市（虽然城市不大）寻找一个轻生的人，就如大海捞针一样难。正一筹莫展之际，一位听众说："听收音机的人都到自家的楼顶上去，这样她就没有办法跳楼了！"红蕾一听，这个主意很不错，便号召大家都到楼顶上去。

其实，那位听众刚说完，人们便已纷纷涌上楼顶，在这深秋的午夜，这个小城的每一个楼顶都站了不少人，他们的心被一个陌生女子的命运牵引着。红蕾说："大家注意寻找楼顶上穿红衣服的女人，她说不定就在你们中间！"又过了十来分钟，人们打来电话，说并没有在楼顶发现穿红衣服的女子。红蕾刚松了一口气，心却突然又提了起来，因为她忽然想到，那女子也一定一直在收听着节目。在这种情况下，她极可能不穿红衣或者把红衣罩在里面。一想到这一点，再一看时间已是十一点四十五分，她焦急万分；于是又一遍遍拨打那女子的电话，却仍是无人接听。

红蕾忽然灵机一动，心想那女子如果已到了楼顶，可能不会带收音机，于是她说："大家先不要急，按我说的去做！没有耳机的听众请把音量调到最小，自己能听到就可以！"隔了一会儿，红蕾才说："她可能已在楼顶，在你们身边，不一定穿红衣服。大家听我的话，把电话都关了，要快！"又过了几分钟，红蕾说："现在我开始不停拨打她的电话，大家听到谁的电话铃响，就有可能是她了，一定要制止她！"红蕾只能这么一试了，心里不停地祈祷着那女子一定要带着电话。她一遍又一遍地拨打着，时针已渐渐接近零点，可是没有听众打进电话来。红蕾的手心中全是汗，不停地按着重拨键，就在她快要绝望的时候，一个电话打进直播间，一位听众兴奋地说："我们终于找到她了，她刚刚上来，我们听到了她的电话响，她没穿红衣服，我们在花园小区三号楼！"说完挂断了电话，红蕾及所有站在楼顶的听众都长出了一口气。

二十分钟后，又一个电话打进来，导播提示，正是那个想轻生的女子。她说："谢谢红蕾，谢谢你们！我上到楼顶，看到了许多人，也看到周围的楼顶上都是人。上来之前我听了节目，便换了衣服，可我没想到，楼顶会有这么多人。而且听说这个城市的每个楼顶都有人。我现在不想死了，因为我忽然发现，原来有这么多的人关心着我，世界并不是像我想的那样冷漠。我本想从楼顶堕入地狱，却看到了爱的天堂。在这个很凉的夜里，我却第一次觉得生活是这么温暖！

我要好好地活着，为了大家对我的爱！”

那一刻，所有的人眼睛都湿了。而本来十一点半就该结束的节目，已推迟了近一个小时。为了一个陌生的女子，那么多的人站在凉凉的楼顶，用爱构筑了一个温暖的天堂。那一片火热的爱，不仅焐化了那个女人冰冷的心，也使这个小城的深秋，有了浓浓的春意。

最纯净的仰望

初见林寒时，他正坐在小矮凳上，费力地给人擦皮鞋。在他的身边，还有几个人等着让他擦皮鞋。看他的样子，身高也就一米一，我以为是个儿童；可当他抬起头来，分明一张很沧桑的脸。原来，他是个侏儒。

和他熟悉了以后，才知道我们是同龄人。他家里条件也不好，父母都是普通工人，为了不给父母增加负担，他便来到街上给人擦皮鞋。一开始人们都嘲笑他，看珍奇动物般围观他，却没有一个人让他擦鞋。后来，他急了，便对大家说，前三天免费。这时才有人坐下来让他擦鞋，是的，别人坐在那儿也比他高；他在擦鞋的过程中，不时地仰起头来对顾客笑，那笑容很温暖。渐渐地，他的生意好起来，常有人慕名而来。

说起这段往事，林寒的脸上依然笑着，让人心里也觉得暖暖的。他说：“我高中毕业后便不念了。我对每个人，都是一种仰望的态度，至少在身高上，别人便会让我仰望。”

有一次，他擦鞋所在地的一所幼儿园为了庆祝六一，由老师带着孩子们去附近公园练习舞蹈。经过他身边时，那些孩子都停住脚步围着他看。在那些身高和他差不多的孩子中间，他忽然感到非常尴尬，不知该怎样去面对那些如花的小脸。

就在这时，带队的年轻姑娘走过来，有孩子问她：“老师，这个叔叔的个子怎么这样矮呢？”

那姑娘看了她一眼，他竟不敢去看那清澈的目光，等着姑娘口中说出“侏儒”两个字。

而那姑娘却说：“孩子们，还记得老师给你们讲的白雪公主的故事吗？里面不是有七个善良勇敢的小矮人吗？这位叔叔和他们一样，他很善良地帮助别人，大家要对他友好，学习他、尊敬他！”

那一刻，他的心像被什么温柔地击中，有一种想流泪的冲动。这时那些孩子纷纷过来和他握手，然后喊着“叔叔再见”走远了。他听见有孩子说：“原来童话中可爱的小矮人真的有呢！”

从那以后，林寒更是坦然地面对所有的困难。那个善良的幼儿园老师也常来他这里，他在心里感激她、喜欢她。我以为会有一段美丽的爱情故事，可是却不像我想的那样，他们只是互相尊重的好朋友，他说：“有这些就足够了，更值得我仰视的，不是她的身高，而是她的人格。我相信以后一定会有一个女孩儿走进我的生活，她也一定有着同样美丽的心灵！”

还有一次，一个顾客擦过皮鞋后将一个包忘在林寒那里，那时正是冬天，他一直等着那人回来拿。直到天快黑了，那人才赶回来。当时那人俯下身紧紧地握着他的双手，说了一句让林寒心潮起伏的话："你永远是值得我仰视的！"

这句话，让林寒感慨万千——一直以来他都仰视着别人，原来自己也有值得别人仰视的地方。他忽然明白，一颗美丽的心对于一个人来说是多么的重要！

常常光顾他这里的那些客人，时间长了，心理也都起了变化，由原来的怜悯变成了尊重！是的，这对林寒来说，是一种比金钱更可贵的收获！

如今，林寒仍在风霜雨雪的街头擦着皮鞋，固守着心灵的那份美好，用一张最真诚的笑脸仰望着每一个人。我想，与那些熙来攘往追名逐利相比，那才是一种最纯净的仰望，因为那只关乎心灵。也正因为如此，才使得人们从他那矮小的身躯之中，看到了一种高不可攀的美丽境界！

崔修建

文学博士，《读者》《青年文摘》《格言》等期刊签约作家。现为哈尔滨师范大学文学院写作教研室主任，硕士研究生导师。曾在国内外数百家报刊发表各类作品四百余万字，被《读者》《中外文摘》《视野》《意林》等报刊转载八百余篇，有数十篇作品入选一百一十多种教材及教辅书籍，多篇作品入选多个省市的中考、高考试卷和模拟试卷。作品曾入选《名家散文精选》等四百多种选集。已出版个人作品集《爱那么短，爱那么长》《有一种花叫不谢》《左手智慧右手爱》等十八部，与人合著《人生锦囊全集》等四十多部，编著教材《大学写作教程》等。

爱谁都好

凯瑟琳是一位年过七旬的芬兰老太太。

最近这几年，凯瑟琳一直都在给中国西部山区的孩子们捐赠书本和衣物，她的每一份捐赠的署名，都是“爱与你们在一起”。

一位新华社记者，偶然得知了凯瑟琳的善举，决定用越洋电话采访她。可是，不管记者如何诚恳地请求，她都固执地谢绝采访，她的理由是：自己喜欢给别人一点儿爱，也仅仅是给了他人一点点力所能及的爱，不值得宣传报道的。

今年春天，那位心生敬意的记者以一位游客的身份来到芬兰。不经意间，记者来到了凯瑟琳的家乡，邂逅了已七十九岁的老人。

凯瑟琳独自居住在一片茂密的树林里的一栋小屋里，屋前有一条潺潺的小河，屋后有一条往来车辆不多的公路。

退休后，她就一直住在这里。她收留了好多小动物，它们给了她许多快乐。她原先驾驶过一台老旧的别克车，三年前报废了。现在，她每周要搭车去十千米外的一个小镇购置生活必需品。

其实，她原本可以去首都赫尔辛基，在当法官的女儿家里安享晚年幸福时光的。但是，老人始终放心不下自己收养的那五只流浪猫和两条流浪狗，还有树林里一些需要帮助的鸟。每到大雪纷飞的日子，她都会为它们撒一些早早准备好的食物，帮它们抵御寒冬。

虽说她多年来一直远离繁华的都市，她的心却牵挂着五湖四海的人们。近十多年来，她为非洲的难民捐过衣物，为阿富汗被地雷炸伤的村民寄过药品，为遭遇地震的海地灾民邮过帐篷。每当在电视里看到遭受灾难的人，她总想去帮一下。尽管她的退休金并不高，有限的积蓄也已几乎全都捐了出去，但她还是愿意伸出援助之手，虽然很多人并不知晓她的名字，不知道她简单清苦的生活境遇。

当记者问凯瑟琳："为何自已那样省吃俭用，还要去帮助远方的那些人？"

"因为他们需要爱。"老人平静地回答。

"你爱那些小动物，爱身边的人，这都好理解，可那些如此遥远的素昧平生的人，为何还要去爱呢？"记者望着满头银发的凯瑟琳问道。

"爱谁都好，不管远近。"凯瑟琳满脸神一样的慈祥。

原来如此！

陡然，记者的心似被什么东西，重重地撞了一下，有些疼，有些暖。

是的，我们许多人的爱，往往总是有所选择。而胸藏大爱的凯瑟琳，能够发自肺腑地爱上每一个需要爱的对象；她无论爱谁，满怀的都是幸福。

美善的花静静地开

又是岁末，又是祝福纷扬的季节。

夜色很晚了，天空中飘起了细细的雪花，她推着那个用铁皮桶改制的烤炉，慢慢地朝家走去。她在那个街口卖烤地瓜，已经好多年了，生意不好不坏，勉强能维持温饱的生活。

回到家中，她找出那两本已翻得有些破烂的杂志，翻到后面那让她无数次唏嘘不已的几页。那上面印着一些渴望救助的穷困孩子的简单情况和联系地址。她拿来一沓明信片，开始给那些散在远方的孩子们，书写自己心中的祝福。一词一句，细细斟酌；一笔一画，认认真真。她像一个虔诚的修女，让那一个个方块字朝圣般地排列开来，仿佛在摆放一朵朵洁白的雪莲花。

她从杂志上那些简短的介绍性文字里面，读到了太多的艰难、苦涩、无奈、渴望和憧憬，她知道每一小段文字后面，都藏着一个酸楚的故事。她多想帮一帮他们，给他们一缕温暖，给他们一份欣慰，给他们的梦想插上翅膀……然而，她自己也是这座城市里极为卑微的一员，卑微如一株被人近乎忽略的小草，每天都在忙碌于自己的温饱，像一只勤奋的蚂蚁。

然而，除了轻轻地叹息，除了暗暗地流泪，她还是想为那些被贫困逼回家里的孩子做些什么。她想了又想，终于有了一个主意：给每一个孩子邮寄一张明信片，写上关切的话语，写上祝福的话语，让他们感觉到，这个世界并非是冷漠的，生活也并非是暗淡的，还有人在乎他们的冷暖，还有人期盼他们幸福……她多么希望，这些薄薄的明信片，确实会给一颗颗在窘迫中跋涉的心灵些许温暖。

一张张明信片写好了，她又一一按照杂志上的地址核对了一遍，生怕她的心愿无法抵达。

我不曾问过她后来怎么样了，但我相信，她那些如花的善意，一定会穿越万水千山，春风般地吹入那一颗颗渴望美好的心灵。

我曾经采访过一位企业家，他曾捐助过近百位大中小学生，可他们很少向他表达感激。当他患了不治之症，住进重症病房后，有不少当初受过他捐助的学生知道了，却只有三位学生打电话或到医院去探望过他，其他的受助者似乎都忘却了他，没有给他送上一份关切。甚至当我追问一位受他帮助已读完大学并找到工作的年轻人，为什么不去看望自己的恩人时，那位大学毕业生竟借口说自己刚参加工作，太忙了，没顾过来。

当我慨叹某些年轻人不懂得感恩时，已病入膏肓的企业家却淡然道："不要责怪他们，当初伸出援助之手时，根本就没有想过将来要获得怎样的回报。人生一世，有一些美善的花朵曾经绽开过，曾给人送去过美丽、送去过馨香，这就足够了。"

他最开心的那一天让人落泪

他一毕业就去了那个偏远的矿区小镇，当了一名语文老师。那所学校办学条件特别差，连一个简陋的图书馆都没有。他也萌生过要离开的念头，可一登上讲台，面对一双双充满渴求的目光时，他猛然意识到：自己那么卑微，又那么重要。

他决定留下来，但不满足于把课讲好、把班主任工作做好，他还想给学生们建一个图书室。有了这个想法后，他便开始行动了。因为买不起新书，他就骑着旧自行车，每个周末都走街串巷去收购旧书。几个月下来，他把学校附近的几个村镇都跑遍了，收购了三百多本书，这花掉了他两个月的工资。

学校腾出了一间教室，专门存放他收购来的图书。看到学生们兴奋地翻阅着他收购来的书籍，那些奔走的日子里所受的苦、所遭的罪，全都烟消云散了。他心里像灌了蜜一样甜。

那天，他乘公交车去了县城，期望能收购到更多的书籍。但转了整整一天，并没有令他欣喜的收获。可他没有灰心，找了一个十元钱一宿的小旅店住下，准备第二天再去碰碰运气。

晚上无意中闲聊时，旅店老板得知他是一个老师，正四处奔波着为学生买旧书，便向他透露了一个让他睡意全无的好信息——县城里有一家大化工厂倒闭半年多了，那个工厂原来有一个不小的图书室，有上万册的图书，以前淘汰过一些，也丢失过一些，听说还有一些没处理掉的。

第二天一大早，他就急匆匆赶到那个倒闭的化工厂。两个留守看护厂房的人，听了他的来意，告诉他说，那些书好像领导已答应卖给一家废品收购站了，并谈好了价钱。他急切地请求他们让他先筛选一些，他可以多给一些钱。他们打电话跟领导请示了一下，同意让他先挑选，但他得再多加一百元钱。

走进那个布满灰尘的图书室，他眼睛都亮了——那里面真有不少好书，有的还是新的，都没拆封呢。他一排排地搜寻着，把认为适合学生阅读的，全都堆放到一起。从早上一直忙到下午三点多，他兴奋地看着挑选出来的足有两千册的书，全然忘了饥饿。交款时，他发现兜里带的钱不够了，便打电话向住在县城里的同学求援。拿到钱，他又租了一台敞篷的农用四轮车往学校运书。为了省下搬运费，他一趟趟地把书从三楼搬下来装上车，累得几乎都虚脱了。黄昏时分，他才把最后一捆书搬上车。

他费力地爬上拖挂车厢，躺在书堆上，饥肠开始咕咕地叫唤。这时他才想起已经一整天没有吃东西了。可是，看着那一车的书，他竟嘿嘿地笑了起来，仿佛捡到了大块的金子。

四轮车在公路上突突地跑着，疲惫不堪的他躺在那里，想着下个月开工资要先还给同学，再去购书恐怕要等两个月以后了，自己可以借此好好休息一下。想着想着，他开始打瞌睡了。

他正在迷迷糊糊之中，忽然听到司机惊慌地大喊："快跳车！快跳车！"

他猛地睁开眼，发现行驶在那座老旧的公路大桥上的四轮车，正失控地七扭八拐地跳着舞，显然是车闸突然失灵了，司机已无法操控了。那一刻，他本能地用身子护住那一车的书，全然忘了失控的四轮车随时都会给他带来致命的危险。

司机又冲他喊了一声："快跳车！"并迅速地跳下了车，车头径直撞向了大桥护栏，随着护栏"咔嚓"的断裂声，车速也骤然减缓，但车头还是在惯性的带动下，冲破了护栏，摇晃着悬挂在大桥侧面，幸好后面的拖挂车厢被突起的一截钢筋卡住了。大桥下面是湍急的河水，正翻着浪花不停地奔流着。要是拖挂车厢没被卡住，他和那一车书恐怕就都会坠下桥去。

他慢慢地爬下车来，看到坐在地上一脸煞白的司机，他才意识到刚才真可谓是惊心动魄，他们两个人都命悬一线。司机惊愕地问他："刚才我喊你，你为什么不跳车？吓傻了吗？"

他心有余悸地说："我当时脑子里只有那些书了，已经忘了危险。"

司机很后怕地说："你真是一个书呆子，命重要还是书重要啊？不过，也可能是你平素积德行善了，老天有眼，遇到这么大的危险，我们人和车居然都保住了。"

"真是幸运！真是幸运！"他也连连慨叹。

等救援车辆将悬在桥侧的四轮车车头拉上来，再把书拉回学校，已经是后半夜了。他瘫软地倚坐在宿舍的床上，一口气吃下三大包方便面。

闻讯赶来的校长和老师们，听他轻描淡写地讲述了这一天的经过，都为他感到庆幸。

那是他记忆中最开心的一天，多少年后都清晰地记得。

天使的样子

一位曾去甘肃西部一个偏远山区支教的年轻女教师，给我讲述了很多关于她和学生之间难忘的故事，其中有一个故事是这样的——

我支教的学校是一个异常干旱的山区，到处是裸露的山岩，难得看到几抹绿色。村里的男人几乎全都出去打工了，女人也出去了大半，留守的只有老人和孩子。村里有一所小学校，破败不堪，除了一个跛脚的老教师，其他人都忍受不了这里生活的艰难和收入的微薄，陆续地离开了。

我这个来自大城市的漂亮的大学生刚一进村子，就听到有人大声地打赌，嚷着说我肯定不会待在这里超过三个月。的确，村里的教学和生活环境之差，都远远地超出了我的想象。如果不是亲历，实在难以相信，在西部还有那样闭塞、落后的地方，连辛苦收集来的发霉的雨水，都那么珍贵。我想洗一次澡，需要花费一天多的时间，转三次车，赶到几百里外的县城，才能找到一个浴所。

我教三四两个年级的语文课，学生的基础差得叫人触目惊心，许多学生连拼音也不会，错别字随处可见，一个简单的造句也会语病百出。因为老师来来走走，学生们总是时断时续地上课，所学的东西都快遗忘干净了，一些学生对学习也没了兴趣。

我教的班上有一个叫望富的学生，他是一个非常懂事的男孩子，学习刻苦，成绩也最好。每当课堂上有学生调皮，他都会站起来帮我管教。我问他的理想是什么，他说要做一个像我这样的好老师。我说自己还算不上一个好老师，他说能在这么艰苦的地方待住的就是好老师。

望富的家离学校非常远。我问他到学校的路途有多远，他说不上来，只说如果跑着走，最少需要两个多钟头。望富的回答激起了我要一探究竟的好奇。周末放学时，我提出要与望富一同回家，去做一次家访。

望富惊恐地阻拦我："老师，你别去了，太远了，路还不好走，会累着你的。"

"没事儿的，老师不是那么娇气的，我在大学里还是长跑运动员呢。再说了，你不是每天都要往返于学校和家之间么？"我换好了一双轻便的旅游鞋。

刚一出校门，望富便从帆布缝制的书兜里掏出一双草鞋快速地换上。我愕然地发现他没有穿袜子，只是在脚上缠了两条布带。他羞涩地告诉我，山路崎岖，很费鞋的；他穿的草鞋是自己编的，布带是捡来的。

我和望富边走边说，不知不觉间三个小时过去了。我的双腿已酸涩得迈不动了，天色也已暗了下来，可还没到他的家。我问他还有多远，他说："快走还得半个小时吧。"好不容易走到望富家，一下子坐到他家门口的石凳上，我累得再也站不起身来了。很快，望富端来了半盆热水，让我赶紧泡泡脚。

我先洗了脸，又叫望富也过来洗洗，并把随手带的一块香皂递给他。他把香皂放到鼻前贪婪地闻着，说了声“好香”，却没舍得用，而是叫过妹妹来也闻闻。看到他们那样爱不释手，我就把香皂送给了他们。两个孩子连连道谢，脸上是一览无余的欢喜。

我脱下磨出了两个洞的袜子，舒坦地泡了泡脚。当我起身要将泡脚水浇到院子里的花坛中时，望富却把泡脚水宝贝似地端到一旁，让患了白内障的奶奶坐下来，慢慢地帮着奶奶洗脚。看到奶奶那副很享受的样子，我的心里暖暖的，直想落泪。接着，望富又让妹妹过来洗了脚。那盆水已经很混浊了，望富才把双脚放进去。他说真的要感谢我，让他和奶奶、妹妹都借光洗了一次脚。

晚饭是望富和妹妹一起做的： 小米干饭，一盘炒蕨菜，一小碗炒鸡蛋，还有一小碗萝卜咸菜。望富不停地往我碗里夹鸡蛋，他的筷子却总是瞄着萝卜咸菜。

这时，我才知道，望富家是村子里最穷的，母亲是得了肝腹水去年去世的，父亲常年在外面打工，妹妹已辍学在家两年多了，他是靠希望工程的捐助才返回校园的。

回到学校，我在书信中向远方都市里的同学们讲述了支教学校的情况。很快，同学们捐献的衣物、书籍等，便从四面八方邮寄到学校里。有一位中央大报的记者还专程来采访了一次，图文并茂的报道之后，又引来很多热心人的关注和帮助。其中，最大的帮助是，有人出资帮村子里和学校各打了一口深水井，基本上解决了村民们饮水难的大问题。

我不过是做了一点点举手之劳的小事，但很多学生和家长都感激地称我是美丽的天使。

望富的妹妹又上学了，她洗得干干净净的笑脸上，散着淡淡的皂香。下了课，她就趴在办公室的门口，目不转睛地盯着我看，一次又一次。我看到了，她就跑开了。没多久，她又盯着我看。

当我好奇地抓住她，问她为什么总是看我，她仰起天真的笑脸，告诉我："老师，我不知道美丽的天使长得是什么样子，可我相信，天使一定和老师是一样的。所以，我看着老师，就是看着美丽的天使。"

我激动地把她揽到怀里，轻轻地摩挲着她的小辫儿，眼角一阵灼热。

温暖一生的圣诞卡

那是寒冷的冬天的一个早上，世界巨富、美国著名的钢铁大王卡耐基像往常一样简单地用过早餐，便开始忙碌地处理起一天的繁重事务。

突然，他的目光停在一封陌生的来信上面。写信人是纽约市的一个自称叫琼斯的乞丐。在信中，琼斯向卡耐基说自己没有亲人，也没有什么朋友，要过圣诞节了，他希望卡耐基能够以朋友的名义给他寄一张圣诞卡，给他写两句圣诞祝福，他还承诺付给卡耐基购买圣诞卡的费用和邮资。

又读了两遍那夹杂着好几个错别字的字迹七扭八歪的信，卡耐基的手伸向了电话，他要让助手替他找一张贺卡来。但他马上又改变了主意。他搁下手头一大堆工作，走出办公室，来到邮局，亲自挑选了一张精美的可以播放一段音乐的圣诞卡，认真地写下这样的祝福："圣诞老人不会忘记每一个有梦想的人，你也不例外，就像相信我可以是你的一个朋友一样，相信你的明天会更好。"在贺卡下面，卡耐基工工整整地签上了自己的名字。

将圣诞卡投进了邮箱，卡耐基慢慢地走在节日氛围已开始浓郁起来的大街上；他猜想着琼斯接到圣诞卡时的神情，一抹笑意悄然涌至他的嘴角。

一周后，琼斯的第二封信翩然而至，信中写满了感激的话语，里面还夹着十美元。他说，尽管卡耐基先生在圣诞卡中夹了一张纸条，告诉他不必付邮资和卡费，但他还是希望信守自己的承诺。卡耐基回信特别地赞赏了琼斯，说他这位未曾谋面的朋友给自己留下了良好的印象。

数年后，卡耐基几乎都已忘却了当年给琼斯寄圣诞卡的事，但来自洛杉矶的一封特别的感谢信，给曾经的往事续写了一个美好的结局——琼斯在信中告诉卡耐基：当初向他请求寄一张圣诞卡，是寂寞中跟几个乞丐打赌，因为他的同伴都认为像卡耐基那样的成功人士根本不会在意他这样身份卑微的小人物，更不可能亲自给他这样街头随处可见的乞丐写圣诞卡的。他在寄出那封信后就认准自己是输定了。当他很快便收到卡耐基亲笔签名的圣诞卡，读到那将他视为朋友的祝福时，他的心灵受到了极大的震动。他此后做的第一件事，便是极其认真地给卡耐基写下那封回信。接着，他开始思索该怎样经营自己今后的人生。

几经挫折，他成为洛杉矶一家著名船厂的高级职员。他在信中一再感谢卡耐基："是您当年对一个乞丐慷慨馈赠的那份尊重和真诚的祝福，温暖了我的那个冬天，甚至可以说是温暖了我的后半生。在最困难的时候，一想到那张圣诞卡，想到您这位骄傲的朋友，我周身上下便骤然有了无穷的力量……”

在相逢的站台告别

北方秋天的山水是最赏心悦目的。列车一过哈尔滨，我便和对面的他不约而同地将欣赏的目光，投向了车窗外那赤橙黄绿青蓝紫的田野和美丽的五花山。真的很美，沿途变换的美景令人目不暇接。漫长的旅程，因这一路追随的山水风光，而少了许多寂寞，多了不少欣喜。

“做一个黑龙江人真幸福，四季都能欣赏到美景。”自小生活在江南水乡的他，曾在北方的一个小山村待过三年，正满怀热忱地举着相机不停地拍摄。

列车缓缓地驶入一个特别重要的车站——牡丹江站。有许多旅客将由此出发，去美丽的镜泊湖，去神奇的林海雪原，去古朴的宁古塔，去风光旖旎的小九寨……

列车要在此停留十五分钟。

望着车窗外上上下下涌动的人流，我打消了下车转转的念头，只是把车窗开得更大一些，让清爽的风舒服地吹着。

“小——薇！小——薇！”对面的他把半个上身探出窗外，旁若无人地大喊大叫，引得许多人的目光都惊奇地聚拢过来。很快，一位拎着两个大编织袋的中年妇女，拨开人群朝这边奔来。他赶紧跑下车，伸手接过那两个编织袋，从窗口递给我，然后他们就贴着列车在站台上聊起来。

“还是那么忙？”他看她的眼神有那么一点点的爱怜。

“已经习惯了。”她身材干瘦，额头有明显的皱纹，淡淡的微笑中透着饱经沧桑的平静。

“你说的那口水井打了吗？”他似乎很了解她那里的情况。

“快了，已经勘探过了，等钱凑齐了就可以动工了。”她兴奋地向他报告。

“差多少钱？我回去想办法帮你筹集，光上课就够你累的了，你别多操心了。”他看见她的手那么粗糙，知道她除了上课，要做的事情太多了。

“还差一半呢。”一抹羞涩浮上脸颊。

“对了，这是你嫂子让我带给你的，不贵，又很滋养皮肤。”他递给她两盒从南京买的护肤霜。

“又让你们破费了。”她嗔怪了一句，“回去代我向嫂子问好。刚才那个编织袋里，有东北的刺五加皮，带回去熬水喝，可以治疗她的偏头疼。那些干菊花，是学生们采晒的，可以泡水喝，清嗓子、提神，还利尿。”

“你总是想得那么细。”

“因为是你啊！”

“因为我？”

“三十年了，多快啊！”

“是的，三十年了。”

短暂的沉默，像两段乐曲中间的一个过渡。

“还记得吗？那次我借你的笔记连夜抄写，不小心把一大杯水全碰洒到笔记上，你那次考了班级的第二名，生气地非说我是别有用心。”

“记得，你只有那一次考了第一。”她有些自豪。

“那时，我特佩服你那股永争第一的劲头。要不是后来你的家庭变故，你肯定能……”他戛然而止。

“我现在也挺好的，呼吸着山里新鲜的空气，吃自己种的绿色蔬菜，工资又长了三十多块钱，还当了校长，虽然学校里只有三个老师。”她轻快的语气中透着满足。

“很高兴你有这样好的心态。做你的学生，也是一种幸运啊。”他欣然。

“还记得你写过一首诗，叫《山里的孩子》。我的学生也有好几个写诗的，可惜我指导不上去； 等下次你再路过时，我给你带来，你帮我指导一下吧。”

“你也写过诗呢，在你的日记本上。”

“那些分行的东西不能算是诗。哦，你是怎么知道的？难道你偷看了我的日记？”她奇怪地盯着他的眼睛。

“或许是你当初送给我看的吧？”他含糊其词。

又是片刻的沉默。夕阳温和地映着他们宁静的面庞。

“回去买一个手机卡吧，要单向收费的，省得给你打电话，总是那么不方便。”

“这回听你的，一会儿路过县城时就买。信息时代了，不能太落伍了。”她笑了，露出并不白净的牙。

“别太累了，得学会心疼自己。”他轻柔地提醒。

“你也一样，少熬夜写作，少上网，别累着眼睛。对了，有个朋友还送给我两瓶熊胆酒，说是有明目的功效。走得太急了，忘给你拿来了，真遗憾。”

“幸好是临时通知你，要不然，你还不得把山里的好东西都给我背来啊！”

“还有，我临来前煮了你最爱吃的青苞米，就放在那个编织袋的最上面，刚才我还摸了，热乎着呢，待会儿上车就赶紧吃吧。”她叮嘱道。

“你回吧，过两年退休了，我会来看你的。”他眼睛有些湿润，转身上车。

“一路平安！”她冲他挥手，风撩起她碎格的小衫。像是眼睛被突然迷进了微尘，她转过身去用手背不停地揉着。

列车启动了。他的目光追着她的身影，直到看不见了，仍朝车后眺望。

他与她在相逢的站台上告别。他们没有亲热的拥抱，甚至没有简单的握手。两个很知心的人，从始至终只有断断续续的对话，朴素得像两个熟稔的老乡，把彼此浓浓的情思，全都融进了那一句句平淡的话语之中。像一篇质朴的散文里随意剪下的几个片段，不事雕琢的美丽，像极了车窗外那些大自然随手涂抹的风景。

那是我遇见的最特别的爱的相逢与告别。十五分钟，在那个站台上，他们纯朴而厚重的情感流露，让我震撼并铭记，让我情不自禁地感慨：有些美好，就是这样的。

用金钱买到幸福

那个周末，我和十几位朋友一起欣然地做了一回“背包客”，每人背了一大包书籍和衣物，坐三个多小时的客车，再步行七里多山路，前往省城外一所希望小学，向那里的孩子们献上一份爱心。

虽说大家是临时集结到一起的，年龄、身份、职业及性格等各不相同，但每个人都怀着一样的心愿，都背了统一购置的背包，组成了一个和谐的小团队。一路上，大家说说笑笑，仿佛在参加一次愉快的春游。

我身旁那位气质特好的中年女士，谈吐温文尔雅。我惊讶地得知她是一家跨国公司的总经理，手下管着数千名员工。而前面那位背了最沉的大包，脸涨得红扑扑的胖男孩儿，则是一位典型的“官二代”，他的父母都是电视上经常抛头露面的显赫人物。我知道，我们每个人，都是自愿选择当“背包客”的，我们都觉得自己是在做一件有意义的事情。

一走进那所山中的希望小学，孩子们呼啦啦地涌过来，拿着我们背来的课外读物，边翻边交流，快乐得像一群唧唧喳喳的小麻雀，简朴的教室立刻变成了一个欢乐的海洋。孩子们那一览无余的幸福，也深深地感染了我们。我们和孩子们一同且歌且舞，开心得似乎又回到了难忘的童年时光。那个扎着蝴蝶结的小女孩，一直捧着那本厚厚的字典，她激动地告诉我们:“有了它，我以后再也不怕遇到生字了。”

暮色苍茫时，我们恋恋不舍地踏上了归程。每个人仍沉浸于兴奋之中，大家纷纷表示：以后一定多参加这样有意思的公益活动，可以给别人带去一份快乐，自己也分享一份快乐。

“谁还说金钱买不到幸福？只要金钱用好了方向、用对了地方，就肯定能买到幸福。”这次活动的发起者小王，是一家小餐馆的老板，他坚决否定“金钱买不到幸福”这一观点。这次活动，他出资三千元钱，亲自去书店选购了适合孩子们阅读的图书。

没错，“要是有人说金钱买不到幸福，那他只是还没有找到上哪儿去买”——我不禁想起了“股神”巴菲特掷地有声的宣言。

随着交谈的深入，我才得知：小王小时候家境十分贫寒，是因为家里交不起学费，他才含泪辍学的。他十七岁便到省城打工，吃了无数的苦，赚的钱虽然不是很多，但他喜欢拿钱买东西，送给那些特别需要的人。像这类的活动，他组织了好多次，他直言不讳：“我还要努力地工作，多多赚钱。有钱真好，可以给别人买到幸福，也给自己买到幸福。”

那天，在电视上看到一则令人感动的新闻：一位年轻的加拿大富豪，购置了大量的帐篷和生活用品，组织了一个爱心车队，浩浩荡荡地开赴非洲的一些贫困部落，给当地饥寒交迫的人们送上真诚的关爱。当有记者盛赞他是“爱的天使”时，他连连摇头：“我不是天使，我只是把我赚到的一些钱拿了出来，帮助需要的人，买一点点的幸福。”

原来，幸福真的是可以用金钱买到的。只要一个人内心中充满了盈盈的爱意，就会慷慨地付出金钱，实实在在地去实现一个个天使般善美的心愿，让更多的人享受到金钱带来的幸福。

赚取金钱和消费金钱，都应该着眼于获得幸福。如果一个人拥有了很多金钱，却缺少幸福甚至没有幸福，那他一定是不会使用金钱，将金钱用错了地方。须知，用金钱买到幸福，不仅能体现出一个人的高贵品性，还能反映出一个人的人生智慧。

段奇清

男，湖北仙桃人，湖北省作家协会会员。笔名清翔、清心可也、大可、梅若雪等。《读者》《意林》《特别关注》《青年文摘》《格言》《经典》签约作家，知名美文作家。已在省级以上刊物发表作品千余万字，作品多次获奖，有文章被选为中考、高考语文阅读试题。已出版散文集《积聚你心中的正能量》等。以敏锐的思维触角和直透人心的文字，为美丽和不太美丽的灵魂提供栖息修养之所。

职业救人者的“私心”

这些年来北京的刘学军到底救了多少人？有人说是六十多个，或者更多。刘学军说，救了多少人自己还真说不清。由此，媒体称他为“京城侠客”或“职业救人者”。说他是“职业救人者”，不仅是因为他救人多，还是因为他太长时间除了救人外没有其他职业。

那是 1982 年，一天晚上，他正在单位值班，不远处突然火光冲天，原来是一个汽车厂的油库着火了。刘学军飞奔过去，当他要拿起紧邻着油库的一间屋子墙上挂着的灭火器时，不幸的事发生了——“轰隆”一声，油库坍塌了，他生生被埋。

他的头部严重受伤，牙也掉了八颗，且多处骨折，在医院躺了七天七夜才醒过来。经过开颅手术等治疗，半年后，他才能慢慢地拄着拐杖走路。正在他憧憬着尽快步入正常的生活轨道时，医生却说，因为吸入一氧化碳过多已导致脑萎缩，他有可能痴呆，而且最多也只能活上两三年。

这一年他二十四岁，刚刚退伍转业到北京第七汽车厂招待所当所长。本来有着大好前程的他，一次救火却将他的前途烧焦了，黑黑的一片。“那是我最痛苦的时候，当时真的不想活了。”刘学军说，“可一天，家人给了我一本《钢铁是怎样炼成的》，那是我很小就爱看的书，心中一下子亮堂了。

我要学习保尔柯察金，虽说这场大火不能将自己炼成钢铁，但也要让每一天都过得充实、有意义。”

怎样让日子过得充实，让生命有意义？他想到的是“接着干”，即继续去救人帮人。那段日子，他在一所大学校园的一侧，救起了一名不慎跌入人工河的女生；在一处地铁站，救下了等车时突然晕倒的女孩……以前是遇上需要救的人就去救，那时，他是主动去寻找要救的人，甚至为自己定了生命倒计时表：“每天都过得很紧张，我要求自己每天尽可能做点儿好事。”

倾心于做好事，死神似乎也被他感动了，直到七年过去，他还行走于救人的道路上。1989年，他三十一岁时，第七汽车厂招待所让他到医院检查，结果身体依然是三级残疾，单位给了他一张退休证。

也许单位的意思是给他一定的保障，让他在家中度过余下的日子。他却认为自己即便马上从这个世界上消失，也一定要利用好这完全可以由自己支配的时间，去找需要帮助的人。也就是从这时起，他才真正成了一名“职业救人者”。为了能拯救与帮助更多的人，他买了一辆摩托车，每天骑着它到公园、河边以及公交车站转悠。他随身带着个公文包，里面装着外伤急救包、血压计以及速效救心丸。

“救人是一件风险极大的事，当然不是指自己处于危险地点、危险时刻，而是他人的误会。”他举例说有一次误会直到好多年才被解开。那是2010年的一天，北京电视台《生活面对面》节目中，有一位中年男人在台上向刘学军鞠躬道歉。

这还得从十多年前的事情说起。一次，有一名孩子落水了，当他跳下水把孩子救上来时，觉得脚板上非常疼痛，低头一看，发现脚底下有一块木板，原来木板上有一颗铁钉，铁钉直将他的脚扎透了。

他忍痛把钉子拔了出来，刚站起来准备回家，“啪啪”两个大耳刮子就扇到他脸上来。还没回过神儿来，那个打了他耳刮子的男子又一脚把他踹到地上，边踹边骂：“谁让你把我们家孩子推到河里的？”河对岸一个老大爷实在看不下去了，急忙赶过来为他作证：“他何曾推过你的小孩儿？他只是救起了小孩儿！”男子这才气呼呼地走了。

这名男子就是2010年在北京电视台向刘学军道歉之人的父亲。“当年我怕落水挨打，才对父亲撒谎说是有人推我下河的。”对于这个迟来多年的道歉，刘学军笑着接受了。

“我不希望什么物质上的感谢，可是在我阴天伤口疼痛，躺在病床上时，也曾特别希望有被自己救下的人能给我打个电话、发个短信什么的。”后来，他自己慢慢能对人们的淡漠能坦然视之了，“就像当年的这个小男孩儿一样，他们也许各有难言之隐吧？”

“难言之隐”也许莫过于贫困，因而刘学军还先后资助了一千多名贫困家庭的孩子，让他们有学可上。这么多年，他的收入仅仅只是一些退休金。他变卖了父母留下的古董字画，家里除了维持基本生活的开销外，大部分钱都花在了资助孩子上。

刘学军也得到了众多荣誉：获得过北京市社区志愿服务终身荣誉奖，多次被评为见义勇为人员、优秀志愿者。2008年，中宣部部长刘云山在一篇有关刘学军的报道上批示：“刘学军堪称道德模范”。

令人高兴的是，他还收获了爱情和家庭。他的爱人比他小二十岁，是北大研究生，当年只因被他的事迹所感动，提出要嫁给他。爱人一直对他的“工作”很支持。

刘学军说他最得意的事是为女儿找了十名贫困地区的小朋友结对子。“她们就像小姐妹一样，我给她们买一样的衣服、一样的玩具，用变卖古董的钱让她们上学。她们互相通信，互相鼓励，比着学习。”现在，他的女儿已出国留学，结过对子的十个孩子也都考上了大学。

由于有爱人的支持，他在“职业救人”的道路上越走越有劲头。2009 年 3 月 9 日，在北京航空航天大学东门外的过街天桥上，北京矿业大学的一名女大学生欲跳桥自杀，他费了好多心思终于救下了这名女大学生；2009 年 10 月 13 日，海淀区蓟门小区前，一辆灰色轿车倒车时，司机没有发现地上向汽车爬着的三岁的小女孩儿，他迈开有些残疾的腿脚噌噌两步冲上去，一把抱住孩子跑到路边；2010 年 11 月 19 日，一辆电动车刹车失灵、正在向人群冲去时，他瞅准时机硬是用身体挡住了电动车……

人们都说刘学军是活着的雷锋与保尔·柯察金，由此清华大学、北京大学等十几所大学闻名而来，聘请他做校外辅导员。在各个学校，他总能像一块磁铁，将大学生们吸引到身边； 他就像一盆火，让大学生们心中热乎乎的。

有人对他说：“你救了这么多人，做了这么多好事，你真是一个讲奉献，充满着伟大爱心，没有半点私心的人。”他却笑着说：“我其实是有私心的。”对方一愣，他解释道：“我索取的东西，你们看不见。我心里的那种美、那种舒服，只有我自己体会得到。”其实他还有一样最大的“私心”，那就是救人，让他从上帝手中换回了数十年的生命。

当一个人将追求心中的美当作“私心”时，世界也会因这样的“私心”而更美好。

微风也能到达远方

他说:“和人家比起来,我们的确是太小太小了。打个比方说,我们就是一丝微微的风。”接着,他却又用十分肯定的口吻说,微风也是有前途的,也是能到达远方的。

他叫夏治国,1977 年他从长春师范学校毕业后,在长春市 56 中当了一名体育老师。后来因身体原因,五十岁时办了病退。为了补贴家用,夏治国开了一家文具店。妻子陈玉珍后来也和他一起打理这家店。在他所开店的长春市光复路,就数他的店最寒酸了:整个店不足五平方米,一张破旧的小书桌占据了四分之一,剩下的地方只能勉强容纳两个人,高而狭小的货架上堆满了货物。

他们的店是“微店”,利是微利,一支铅笔挣两分钱,一个本子挣五分钱。尽管利润非常小,当时他们却已感到很满足了。后来看到的一幅图片,让他们的目光变得高远了起来。

那是十四年前的一天,夏治国在一张报纸上看到一张题为《我要上学》的图片。那是一个女孩儿,右手拿着一支笔,一双充满渴望的大眼睛看着远方。那双眼睛让夏治国的心灵受到了震撼,他对妻子说:“我们的力量虽说非常有限,但也不能让孩子希望的眼睛黯淡下去!”

妻子说:“可不是,我们一定要为这些孩子做些什么。”

没过几天，他们来到了长春市希望工程办公室，用手指了指停在院子里的三辆小货车，问工作人员："车上的这些东西你们需要吗？如果需要就给你们。"

原来，夫妇俩由大眼睛女孩儿手中拿着的笔受到启发：贫困孩子们最现实的希望就是得到文具。于是他们就从街上请来了几名临时工，让他们将作业本、钢笔、铅笔以及橡皮等一箱箱往外搬。当仓库快要见底时，工人们问他："还搬不搬？"夏治国一点儿也不含糊地说："怎么不搬？直搬到一点儿不剩为止。"这样就装满了三辆小货车。有人估算，每辆车上的货物价值不小于五万元。

工作人员看到那三辆小货车，高兴极了，说："这些东西真是太好了！"这就是他们第一次对孩子们的捐助。

那次捐助后，夫妇俩心中感受到了从来没有过的快乐。但他们同时也发现了一个问题：近处山里的孩子需要帮助，而那些更远更落后村子里的孩子却往往被疏忽了。夏治国要让那些最需要帮助的孩子也能得到一些学习用品。可那些地方基本不通车，夏治国往往是将学习用品用车拉到公路的尽头，然后请了人背进去，一次，仅运费就花去了八百元。为了节省钱，东西要是不多，他就自己往里背，难免常常累得精疲力竭。

为了掌握那些最需要帮助孩子们的信息，他还常常到相关部门去查，这样一来，他们获取的需要帮助孩子的人数越来越多，夫妇俩只得更加"抠"自己。他们的店每天早上七点开门，晚上六点关门；中午有时他们只吃五元钱的盒饭，有时索性用一元钱买一壶开水，两人就着开水吃早上从家里带去的馍。

也许是营养不够，也许是过于劳累，夏治国不幸于四年前得了股骨头坏死症，那个疼啊，躺在床上一动也不能动。但他仍然一心惦念着需要帮助的孩子们，在服用了一个多月的中药，身体情况稍有好转后，就又起早贪黑地忙开了。

他说，自己尤其对妻子怀有歉疚之心，因为他靠拄着双拐走路，店里所有出售的东西全靠妻子用手推车一趟一趟地打仓库中搬到店里来。可妻子说："帮助困难孩子，也是我的心愿，我只是在尽我该尽的一份力量。"

夏治国虽说病了，可他一点儿也没放慢帮助孩子们的脚步。2010 年 9 月的一天，夫妇俩坐车到榆树市土桥镇的两所学校，将五颜六色的文具摆到桌子上。见到那么多好东西，同其他学校的孩子们一样，学生们一个个鼓着掌，高兴得一蹦老高。夏治国右手拄着拐杖，左手给孩子们分笔、本等东西。

那时山里的天气已很凉了，夏治国一连给五百多个孩子发了文具，拄着拐杖在冷风中硬是站了一个多小时。回家后，他和妻子都被冻感冒了。可他们说，想到孩子们的快乐劲儿，一点儿也不觉得苦。

十四年来，他们夫妇给三十多个乡村的八千多名贫困孩子送去总价值达六十万元的文具。此举不仅让这些孩子中的许多人走出了大山，走到所向往的远方，夏治国夫妇也在 2012 年 4 月 9 日从北京领回了"中华慈善奖"——这个由民政部颁发的我国目前最高规格的慈善奖项。在一百名获奖者中，只有夏治国、陈玉珍是以夫妻名义领奖的。领奖回家后，夏治国脸上一直堆满着幸福，因为他受到了温家宝总理的接见，温总理还对他说："向你学习。"

有记者说："你说你的捐助是'微捐'，请解释一下好吗？"夏治国说："'微'就是很小，每个人都可以做，它没有什么门槛，也没有什么限制，没有多少钱的人都可以做。”

“微风也能够到达远方”，这话既是对贫困学生的鼓励，同时也告诉人们，世上的善心并不是以金钱来衡量的；只要你怀有一颗善良的心，并能全身心去做，即便你是微风，也照样能够到达远方。

人人心中都有一朵“幸福花”

她说，心灵中的福星、人生的幸福是靠自己争取来的。

2012 年 1 月，有朋友送给她一个十八罗汉手串，说能保佑她流年顺利。不巧的是，当天她出了车祸——她开的车与一辆新奔驰蹭上了，两辆车都伤得不轻，好在两人均无大碍。在处理时，她一口咬定自己负全责，认错态度竟然逗乐了交警。事故在和谐的气氛中得以圆满处理，最后大家欢乐地互留电话号码，成为了好朋友。

她说，朋友送给你手串，只是在提醒你，你的内心要始终拥有一颗福星。没有人送你手串也没关系，你心中有一个手串就行了。她，就是出生于 1975 年、北京协和医院急诊科主治医师于莺。

一次，一位姓沈的年轻医生对她说：“我一来急诊科就听说医院里盛传着这样一句话：‘于莺到哪里，哪里就没有麻烦。’看来这话是真的啊！”这话是小沈医生经历了一件事后有感而发的。

那天，于莺接到一个电话：“于姐，过来救场啊，3号病床的病人我已伺候不了了！”原来，3号病床的病人说小沈医生态度不好，一个劲儿地“抗议”。有人于是为小沈出主意：“快给于莺打电话啊！”于莺在最短的时间里出现在了“事发现场”。一进病房，她就看到病人家属还在大声“声讨”着，于莺马上笑嘻嘻地迎上去，说：“您老人家上这么大的火到底有啥不舒心的事呀？”

原来3号病床的病人和病人家属原本就不太信任年轻医生，而小沈医生说话还“挺冲”的，结果就吵了起来。于莺随即说道：“那我的级别比她高，我的年龄、经验也比她高，我是不是‘三高人群’？您看我来帮您行不行？您有什么问题，等化验结果出来了，不用找她直接找我。”就这样，病人和病人家属都乐了。

事后，小沈问她：“于姐，对于这种无理取闹的病人和家属，你就一点儿也不生气吗？”于莺乐呵呵地说：“这有什么好生气的？你看今天这事儿，我不就是多跑了一点儿路，多说了几句话吗？其实人家过来看病，就是要咱们给人家提供一种幸福感。而这种幸福感也是互相的，病人与病人家属踏实了，相信你了，愿意配合治疗了，你也会觉得很幸福呀！”一番话直说得小沈连连点头。

吃亏是福，所谓福星、幸福，就尽在吃亏中。

有一次，于莺感冒了，挺重的那种，鼻塞、流涕，还见光流泪。那天为了“救场”，她又来到医院。这时，进来一位女患者，手拿CT片。于莺起身，打开灯箱，插上片子，抬眼望，强光下顿时红了眼睛，泪流满面。患者大惊失色，颤声问道：“大夫，我……我……莫不是得了绝症？”于莺擦掉眼泪，一脸的“镇定”，对那个吓得半死的患者说：“妹子啊，啥绝症？没见过大夫重感冒啊？”患者听后，哈哈大笑。

要病人有笑声，最根本的就是要同事们快乐。

一次，于莺发现一个姓张的年轻女大夫眼睛红红的，于是她悄悄跟着小张。原来小张在病人那里受了气，越想越伤心，她来到一个角落偷偷哭了起来。于莺走过去，搂住她，说："亲，你这样哭是不对的。嘴咧得跟个老太婆似的，哪会有男同事来安慰你？来，跟我学，睁大眼睛，越大越好，让眼泪一颗一颗砸下来！对了，就这样！”她接着又大声说："隔壁的男同事过来一个，抱一抱！”大家都乐了，小张一下子也破涕为笑。

有人问："于姐，你是不是天生就是一个乐天派？”于莺说："那可不是，刚来急诊科的时候，我可是出了名的坏脾气，嘴皮子利索的我是从来不肯吃一点儿亏的。不管是多'刺儿'的主儿，我总能用话把人家撅回去。在医务处的投诉里，就数投诉我的多。”在问到她是何以“大彻大悟”时，于莺讲了一件事。

一天，于莺又“犯事”了，急诊科主任把她叫了去，语重心长地对她说："小于啊，你老这么着可不行呀！你光顾着自己嘴上痛快了，可给下一班医生带来很大麻烦，因为他们将怨恨情绪全转向了下一班。你能不能换一种态度来处理问题？”

于莺并不以为然。这时，主任撕下了一张废弃的写满处方的纸，对她说，“你平时挺喜欢画画的，你能在这张纸上再画出一朵'幸福花'吗？”于莺直摇头，说："上面已经没有一点儿缝隙，怎么还能画花？”只见主任将纸翻了过去，原来，纸的背面并没有字。主任拿起画笔三下两下，一朵美丽娇艳的花儿盛开其中。

从此，于莺就再没有和病人及病人家属吵过一次架，而且还成了快乐地开在急诊室里的“女人花”。2011年10月7日，于莺开通了一个名为“急诊科女超人于莺”的新浪微博，每天与网友分享她在医院里遇到的趣事。只一个多月，于莺就拥有了四十多万粉丝，她被网友们亲切地称为“协和姐”。

每人心中其实都有一朵“幸福花”，当我们心灵的纸张被愤懑和苦闷等涂满时，只要给自己的思维“翻个面儿”，美好幸福就会呈现在我们面前，“福星”也会凌空照耀着我们……

把千万次感动化作一次行动

人们做了好事，你会感动，感动是一种高尚的情感。然而，仅仅只是限于感动，对人类社会恐怕也没有太大的益处。

他是一名政治思想课的教授，在课堂上，他向学生们讲孔繁森、焦裕禄，可学生们总会不以为然地笑：“我们身边没有这样的人啊！”岂止没这样的人，有一名学生还向他讲了发生在他们家乡的一件事。

2006年，一辆从湖南怀化开往土桥的客车遭遇车祸，其中有一位叫刘桂华的乘客尽管自己身受重伤，可他忍着巨大的疼痛，以及冒着随时可能丧失生命的危险，硬是救下了十二个人。可这又如何？由于失去了最佳的治疗时机，刘桂华留下了严重的后遗症。在后来漫长的日子里，他每天晚上要打五六次封闭针，还要吃很多止痛药片。巨额的医疗费不仅使他的家庭一贫如洗，还欠下了十七万元的债，致使他几次想到了自杀。刘桂华这个曾让千万人感动的人，似乎不再为人所记得了。

学生沉重的话让他低下了头，喉头哽咽。于是，他决定创建一个“好人网”，旨在“说好人、做好人、帮好人”，不让好人流血又流泪。

2008 年 5 月 19 日，“中国好人网”注册面世了；他还自己掏了两万元，又募集了五千元，成立了“好人基金”。他把其中的一万五千元寄给了刘桂华。随后还带了两名医生志愿者去湖南看望刘桂华，不久他又将刘桂华接到广州治病。2010 年大年初一，他把病愈的刘桂华送上了回湖南的飞机。四年多来，刘桂华才算与家人过上了一个舒心的春节。

他总在关心着好人中的弱势群体。近年来，扶起摔倒的人不仅得不到感谢却被污为肇事者的事屡见报端，他决定再成立一个“搀扶基金”。他的出发点是，只要你出手搀扶而遭遇风险，不管是否被判定为肇事者，都得得到帮助和奖励。

“搀扶基金”成立后，第一笔支出五百零八元，帮助的对象是广州的高校教师陈晓敏。2011 年 4 月，陈晓敏好心扶起摔倒的小孩儿，却被家长拳打脚踢。得知情况后，“搀扶基金”帮她支付了医药费，还请律师为她提起民事诉讼。他说：“对于帮助搀扶人的好人，这点儿事后帮扶也许算不了什么，但它却能起到精神慰藉的作用，不仅让做好事的人消除了顾虑，还可以激励更多的人去做好事。”

他就是华南师范大学理论部副主任、教授谈方。

“中国好人网”的团队不断扩大，志愿者最初只有谈方的十几个研究生，而到目前已有两千多人加入。团队中的人拥有不同的专长，比如说有由六十多位律师组成的公益律师团，免费为好人中的弱势群体提供各种法律上的支持。“好人网”的成员不仅为好人提供了帮助，而且“‘帮’与‘学’相长”。

一次，有人在“好人网”上传了一段视频：广州站南路，有一名乞丐，变形的双腿挂在胸前，身下垫着一个汽车轮胎，两只手撑着两只胶鞋艰难地挪动着……还有一段文字介绍：就是这样一位身体严重残疾的乞丐，在2008年汶川地震时，曾四次捐款，被称为“最感动人的捐赠者”。这位乞丐名叫龚忠诚，六岁时母亲去世；十四岁时，他同父亲到了广东，父亲拾荒，他则每天乞讨。龚忠诚说自己“很想有尊严地活着，不愿意一辈子当乞丐”。

于是，谈方带着“好人网”一百多名志愿者走上街头去寻找龚忠诚。可几天过去了，就是找不到。他们不得不在大街上拉横幅、撒传单。

当那天穿着西装的研究生背起龚忠诚时，人们纷纷拿起手中的手机拍下了这感人的一幕，并传到了“好人网”上。当天晚上，这名研究生对谈方说：“我受了一次心灵的洗礼。”

九天后，在一名企业家的帮助下，龚忠诚成为了广州市右新马路一家凉茶铺的老板，终于圆了他“想有自己的小生意”的梦。

如果说，对于陈晓敏来说，“好人网”只是不让她再孤军奋战，释放了心中的委屈，那么对于龚忠诚与刘桂华来说，“好人网”则是改变了前者的命运，给了后者第二次生命。

“好人网”尽管没钱、没权，可三年来，谈方和志愿者们尽力而为，为一次在救灾中遭遇车祸受伤的黄庆武还清了债务，救助了贵州患白血病的支教老师赵鹏，资助了广东抚养二十名弃儿的拾荒者张菲，还帮助了重庆市因见义勇为致残的救火英魂吴后祥以及广东省湛江市为抓歹徒而车毁人伤的凌华坤……

对于近期发生的拾荒阿婆陈贤妹救助女童的事，谈方说：“我们会把老阿姨纳入‘好人网’的奖励范围，不仅要送给她奖金，还要把她和她家人全部纳入‘好人网’长期跟踪的名单，将来他们在学习、工作以及生活中有任何困难，我们都会尽量帮助。”

这对他来说，很可能要面临着更大的困难。三年中，谈方自己捐了十几万元；而如今五十二岁的他，每月要还四千元房贷，到六十岁时才能还清。尽管如此，家人也仍然很支持他，母亲、妹妹和儿子纷纷为“好人基金”和“搀扶基金”捐款。2011 年 9 月，谈方接受了一笔十八万元的捐赠，他终于不再是“好人基金”与“搀扶基金”最大的捐助者了。

谈方每天都处在超负荷运转状态。华南师范大学文科楼 328 室，一个只有十平方米的房间，就是“好人网”的总部。谈方除了建设好“好人网”外，他每年还要承担三百小时的教学任务，每天工作十四五个小时。尽管很累，可他并不想歇下来，他说他还有一个远大目标，那就是注重慈善文化的塑造，真正建设起公益文化，不让中国公益慈善事业在文化上受到限制。

当好心人因帮助别人而身处困境时，当得知众人面对旁人受难而视若无睹时，有人选择漠然，有人选择愤怒，有人选择批评。但谈方说：“与其咒骂黑暗，不如点亮一支蜡烛。”这就是“把千万次感动化作一次行动”的要义。相信谈方今天的这支蜡烛，明天就能成为一簇火炬，后天就会变成燎原的熊熊火焰……

善心是一个人最大的福田

那年，他还只有十五岁，父亲与人合伙开办不久的工厂不幸倒闭了。为了重振家业，他便一个人外出闯荡。

似乎上帝特别眷顾他，没几年，他就积累了一定的资本，于是与人合资开了一家肥皂公司。公司经营得还不错。不久，合资人去世，按照遗嘱，那份财产全部转给了他。

公司成为独资企业后，他做的第一件事就是将企业所得的十分之一捐给社会。虽说他的企业这几年在逐步扩大，可毕竟从小本做起，实力很一般，基础极不稳固。

他的这一做法在当地引起了极大反响。人们认为他是自己在拆自己的台，是一种令人匪夷所思的行为。甚至有人怀疑他是在作秀，是另有企图。其实，这只是表明人们不了解他的过去罢了；要是了解了，也就不会有这种想法了。

那还是1871年，他只有八岁时。一天早晨，他一反常态，赖在床上睡懒觉。妈妈问他是怎么了。他说，反正学校今天不上课。原来学校组织同学们一起到福利院做善事。他知道家中困难，没有开口向妈妈要钱，也就不打算和同学们一道去了。

当妈妈弄清原委后，说：“孩子，你怎么能这样说呢？”

她随即又问他："你有一双手吗？"他点了点头。"这不就对了！你可以用你的手帮那些孤寡老人整理被子和房间，这不也是在做善事吗？你要是说你太小，没有力气，那么你会笑吗？对那些人笑一笑，让人得到你阳光般笑靥的温暖，你也是在做善事呵！"妈妈看他的眼睛在发亮，又说："一个人做善事是不受条件限制的，问题是你想不想做！"

"妈妈，我明白了，任何时候都是可以做善事的，只要有一颗善良的心就够了。"他边起床边说。

打那以后，他就特别热衷于做善事。在他第一次走出家门打工的那段时间里，尽管收入微薄，每周他都会到教堂去做礼拜，并且将那一周收入的十分之一塞进教会的捐助箱里。有意思的是，他这样做并没有让自己变得更穷，反而让他拥有了自己的企业。

事情就是出乎一般人的意料，在他捐出自己企业的十分之一的收入后，他的企业奇迹般地壮大起来。随后，他的捐助从收入的十分之一、十分之二发展到了十分之五、十分之六……

人们在知道了他没有作秀、没有任何不良的企图后，也就开始被他的那颗善良的心感动了，纷纷前去购买他的产品。倒是他不知该怎样应对这种状况了，每次到教堂去祈祷时，他总要说："主啊！人们赐予我的福太多了。请告诉我，我怎样才能更好地去报答人们的恩德呢？"

他就是出生于英国，后来跟随父母由英国迁居美国的威廉·高露洁。1857年，威廉·高露洁因病去世，继任者将他创办的公司以他的名字命名，即高露洁公司。后该公司又与棕榄公司合并，成立了高露洁—棕榄公司。

威廉·高露洁虽去世了，可公司一直禀承着"以善良之心回报社会”的企业理念。如1994年，高露洁一棕榄公司与世界卫生组织签订了一项协议，在全球八十多个国家开展名为“灿烂微笑，美好将来”的口腔健康教育活动，每年约有五千万儿童受益。

目前，高露洁牙膏已成功进入世界品牌五百强，年销售量占全球同类产品销售总量的百分之四十以上，覆盖全世界二百一十八个国家和地区。

威廉·高露洁的故事告诉我们，善在心中，而心中的善良是一个人最大的福田。

生命是一种渴望感动人间的奔行

人们总爱说，生命是赤条条来，赤条条去。其实它并非就是赤条条来，赤条条去。

如果说，生命是一场奔行，在生命行将垂睫大去之际，检视人生的行囊，固然带不走些许钱财，但若翻阅你之人生的册页，能给人留下一行行感动，那么，你之生命绝不是空奔行一场。

母亲就留下了一部令人感动的精神卷帙。

那是一个树木枝叶扶疏、鸟儿啁啾的春天。那时，在白天劳作了一天，晚上又纺纱织布做衣做鞋到深夜的母亲，每天总要起一个大早，赶在队上出工前到一棵楝树下，用她那最初缠裹了中途又放了的“解放脚”，在地上使劲碾着……

那是一些留在树上过了冬、被风儿一吹撒落在地上的楝籽。金黄色的楝籽经母亲一踩一碾，便露出雪梨一般的果肉。做完这些，母亲或是搬起锄头、或是拿起镰刀，匆匆上工去了。我不解：辛苦的母亲为什么不在早上多睡一会儿，踩碾这些楝籽做什么？后来从祖母口中得知，她这样做，只是为了树上那几只喜鹊雏儿。

原来，几年前，有一对喜鹊夫妻就在那树上安了一个家。于是，每年都会有几只小喜鹊诞生，繁衍着喜鹊的家族。那一年，几只喜鹊雏儿一天天长大，可不曾想，刚刚学会飞行时，一场风暴将喜鹊窝掀翻在地。为了让小喜鹊有一个新的家，喜鹊夫妇硬是在一天一夜中新筑起了一个巢。巢成时，喜鹊夫妇生生累死了。喜鹊雏儿最爱食楝籽了，原来母亲用脚踏破楝籽，是担心喜鹊雏儿软软的嘴儿啄不开那经了冬韧性十足的楝籽的表皮。

这是母亲书写的人生奔行的册轶中，她与动物间极为感人的一行。母亲与其他人之间更是有着许多感人的段落和字句。

我们家住在村头，而且在路边。自从我懂事起，我发现几乎所有的晚上，我们家的厨房门总是敞开着。每天，母亲都会是最后一个休息，插门栓自然就是母亲的事儿了。最初，我以为是母亲事多或太劳累，就将关厨房门的事儿忘记了。又是祖母告诉我，厨房门不关是母亲有意这样做的。夏天，赶路赶晚了的人口渴了，就可到水缸中舀上一瓢水喝一个畅快；冬日，厨房的灶堂前也是夜行人暖脚的地方……

这些人，与母亲不沾亲不带故的，母亲却记挂着他们的饥渴冷暖。这些虽说平凡，却是人间永不让人忘怀的感动。

世上的许多人都这样。

居住在沙漠地区的人们，他们吃完西瓜后，从来都是将瓜皮里面的有残瓤的一边朝地的。他们说，这样做，水分蒸发得慢，一些小动物们无疑是受益者。而且，不说小动物，即便是夜行人，特别是那些从沙漠深处归来的饥渴难耐的旅人，这样放着的瓜皮也未必不让他派上大用场，或许就此挽救了一个行将熄灭的生命也未可知。

还有，在沙漠里行走的人，往往会插上一些树枝作路标；风把树枝刮倒了，或沙子将其掩埋了，后来的行路之人就会将其重新插好，或将树枝向上提一提。也许他们一辈子再也不会重走这条路了，但谁都这样做。

原来，奔行之中的感动，是素不相识的人们在传递着一种接力棒。

生命是一种渴望感动人间的奔行，无论你是在坚硬的山石间行走，还是在流沙中跋涉，感动都会是一串闪光的足印。这足印宛然一支大笔，书写出你生命奔行的卷帙。累积起来的卷帙也就成了人类的精神财富，如路标，指引着人们奔行……

一则温暖的“穿越”故事

“跑得真快啊！只能看出是一个三十多岁的男人。”温州市慈善总会的一位女工作人员向人们介绍说。他飞一样地跑，就是要“穿越”到2035年，给人一个完整的故事。

要说眼下这个故事，还得“穿越”回2002年。

这年的11月17日，《温州晚报》记者袁寿省接到一个陌生电话，电话中的那个人说：“我送给你的一个包裹已放到楼下，请你去取。”

当袁寿省匆匆来到楼下时，送包裹的人已不见踪影。打开包裹一看，是两万元现金，里面还有一封信：“这两万元是我们辛苦挣来的，捐给那些急需帮助的孤儿寡母……我们一年捐两万元，一共要捐三十三年。”信后的署名是“农民的儿子兰小草”。“兰小草”之所以来报社捐款，是因为当时《温州晚报》正发起一项叫作“星雨心愿”的爱心活动。

时间飞快地流逝，一年过去了，当袁寿省快要将这件事遗忘时，“兰小草”的声音又响起来了：“袁记者，我是兰小草，捐款已送到。”袁寿省很想再了解一些情况，对方却已把电话挂断了，回拨过去是公用电话。袁寿省看了一下日历，又正好是11月17日。他拿到一个写有“星雨心愿”的盒子，同上次一样，两万元现金中不全是百元整钞，还有皱巴巴的零钱。也同样还有一封信：“两万元的‘星雨心愿’善款，以报答国家社会的培养之恩，报答农民‘粒粒皆辛苦’的养育之情……”

要说“兰小草”第一次到报社来，尚没引起袁寿省太大的注意，这一次，他意识到这件事情的后面一定还有一个感人的故事。他要去挖掘一番，让“故事背后的故事”去温暖千万人的心。

没有“兰小草”其他任何信息，袁寿省只能等待。2004年的11月17日终于到来，可“兰小草”依然来去一阵风，电话中不肯多说一个字。连续两年让袁寿省空等一场。

2006年年底，《温州晚报》同许多单位一样，安装了监控摄像头。袁寿省心想：现代工具也许能帮上自己了。11月17日“兰小草”准时出现。在他的背影刹那间消失于茫茫人海中后，袁寿省立即赶去调看录像资料。然而他却又一次失望了——摄像头拍摄下来的只是“兰小草”的一个侧影。

侧影总聊胜于无吧！袁寿省还是在报纸上将“兰小草”侧影照片刊登出来，请求社会帮助，但并没有人能从这张模糊的照片中认出“兰小草”到底是谁。

欲知道“故事背后的故事”简直让袁寿省倍感煎熬。新的一年里，他几乎每天都在盼望11月17日的到来。就在这一天里，那脚步声竟然没有响在《温州晚报》的楼下。“兰小草”在电话中对他说：“袁记者，你们报社楼下有摄像头，我把捐款送到温州市慈善总会了。现在还不是时候，三十三年到了，‘兰小草’自然会讲出完整的故事。”这不免让袁寿省有些怅然。

“兰小草”只见善心不见人的故事不胫而走，几乎所有温州人皆想早日能听到关于“兰小草”故事背后的故事，温州慈善总会虽然没在楼下安装摄像头，但他们却准备了照相机。可一连几年，“兰小草”来时总低着头，脚下生风。写有“星雨心愿”的盒子中，照样装有皱巴巴的两万元零币；还有一封信，上面写着的或是“祝天下善良的人们，平安幸福”，或是“祝孤儿寡母们，享有平常人的一切温暖和快乐”。

如今，人们已想明白了：“兰小草”的真实身份知道与否，并不是很重要，他也许只是某个爱心组织的爱心传递者，知道这一点就足够了。比如说2009年，由温州人一起投票，“兰小草”荣获“温州改革开放三十年十大慈善人物”称号，尽管“兰小草”依然没出现，但并不妨碍他成为温州人心中最美丽最温暖的记忆。

慈善本来是不需要张扬的，不过，让“兰小草”没有料到的是，不宣传其实是最大的宣传。善心无言，却能在很短的时间让人有口皆碑。这也许正是善良最本质的一面：善良本身就是能穿越时空的。

姜钦峰

现居江西南昌，中国作家协会会员，《读者》《青年文摘》《意林》等期刊签约作家。在多家媒体开设专栏，已在国内外数百家报刊发表作品二百余万字。作品收入百余种丛书及中学生课外读本，十几篇文章被编入中学语文试卷，并有作品被拍成电视散文在央视《子午书简》播出。已出版散文集《像烟花那样绽放》《遇见美好》《每一个梦想都值得浇灌》《最美丽的谎言》等，合著若干。

爱是最好的处方

王争艳是武汉市一名退休医生，在二十五年的职业生涯中，她治好了无数病人，却从未开过大处方。更不可思议的是，她居然经常为病人开出两角钱的处方，因此被称为“小处方医生”。

在大处方遍地开花的今天，王争艳以小处方一枝独秀，自然会引起人们的关注和好奇。记者问她：“开小处方的诀窍在哪里？”“看病人需要什么，对症下药嘛。”这位两鬓斑白的老医生脸上显得有点儿急，潜台词似乎在说：“这还用问吗？”每次开处方之前，她会问病人以前用过什么药，有没有效果，无效的不开；然后问病人家里还有什么药，家里有的不开……如此一减再减，自然所剩无几。

不需要什么高深莫测的医术，更没有什么独家秘方，小处方原来一点儿都不神秘，不过是人人都懂的最简单的医学常识。然而，当我们生活中的一些常识日渐模糊时，坚守常识并非易事。王争艳说：“开贵的药，我下不了手。”短短一句话，让人顿生敬意。王医生开了一辈子小处方，退休时终于收到一份最珍贵的大礼——她被评为“江城好医生”。评选采取无记名投票方式，可以打电话或上网投票，但是许多市民都不怕麻烦，搭乘公交车亲自去为她投上一票。小处方里有大爱！

想起我多年前见过的一位医生。那时我远离父母独自在外求学，一天中午，我突然发起高烧，同桌陪我去医院看病。我从小在农村长大，没见过大世面，从未进过那么大的医院。不知道是因为高烧还是心情紧张，我刚走进门诊大厅，忽然脸色苍白，居然在门口晕倒了。等我清醒过来，心想坏了，这回肯定病得不轻，心里更加忐忑不安，既怕耽误上课又担心钱不够。没想到医生却脸色平静，根本没把我的病当回事。那是个中年女医生，跟我母亲年龄差不多。她先让我量体温，又问了几句，刷刷几笔就写好了处方。打了一针，居然药到病除，下午我就神清气爽地坐在教室里上课了。

那位医生当时给我开的是什么灵丹妙药，我看不懂也没兴趣知道，但是那张处方上药的价格，这辈子我都忘不掉——一元五角钱。在那时，看个普通的感冒花几百块钱很正常。这次看病经历，成了我生命中最美好的记忆之一。我不知道那位医生的姓名，对她的模样更无半点儿印象，我只知道，她是个好医生。

认识盛美霞，是从她的博客开始的。她也是一名普通医生，在内科急诊室工作。每天在医院上班，见惯了生死，可并未让她年轻的心变得坚硬如铁。利用业余时间，她在网上开了博客，记录自己每天的心情：

两岁的男孩，父亲倒车时不幸将他撞倒。抢救室里没有哭泣声，没有嚎叫声，茫然的父母分别站在推车的两侧，看着心电监视仪上一条绿色的直线欲哭无泪。我不知道这对父母要怎样面对这个残酷的事实，他们现在这样看似平静的表情下装着多么巨大的悲痛和绝望、自责和内疚，这比哭天抢地更让人动容伤心……

小小的急诊室，溢满了悲伤。在盛美霞的博客里，记录着许多像这样让人揪心的故事，吸引了无数网友，不是因为好奇，而是因为感动。在她冷静的叙述中，处处流露出悲天悯人的情怀。她说："我写下这些故事，只是希望大家珍爱生命，生活得更美好。"透过那些温暖的文字，我仿佛看到一颗金子般的心。

都是些普通的医生，没做过什么惊天动地的大事，却感动了无数人。究竟被什么感动？也许答案并不难找——我们可以没有神医，却不能没有好医生；爱，是最好的处方。

纯粹的快乐

电视上见到六名志愿者。他们分别来自全国各地，均已从事公益事业多年。主持人问："在从事公益活动的过程中，你们觉得最大的感受和收获是什么？"六个人说出了六种感受，但是谈到收获时，只有一种答案——两个字——"快乐"。

如果听了他们的故事，你就会相信，这确是肺腑之言。

谭乐山是国际奥比斯中国首席代表。有一次在厦门，他们帮助一位老太太成功复明。拆开纱布时，老太太睁开眼睛，竟然神色茫然——身边围满了人，她一个都不认识。这时，女儿上来喊了一声"妈"。老太太顿时愣住了，仔细打量了半晌，忽然脱口而出："女儿，你怎么变得这么老了？"逗得在场的人开怀大笑。老太太已经失明十几年，虽然母女俩朝夕相处，但她对女儿模样的记忆，依然停留在失明之前。

姚晓明博士也有过类似的经历。他是深圳狮子会眼库执行主席，多年来四处奔走，已帮助数千名眼疾患者成功复明。他至今清晰记得，一位藏族小女孩儿，双眼都患有先天性白内障，来到人世就生活在无边的黑暗之中。姚晓明和伙伴们专门前往日喀则，为小女孩儿免费做了复明手术，手术很成功。

第二天早上查房时，拆开纱布，小女孩儿睁开双眼，两只小眼珠滴溜溜地乱转，眼神游移不定。这时候，妈妈喊了一声她的名字，小女孩儿的目光定在了母亲脸上，随即“哇”的一声大哭，并赶紧跑上去，张开双臂，吊在妈妈脖子上。全家人抱头痛哭，喜悦的泪水，再也无法抑制。当姚晓明等人走的时候，小女孩儿的奶奶打老远追了上来，颤巍巍地。老奶奶双手捧着洁白的哈达，把它披在姚晓明肩上，神色庄重，然后又不停地亲吻他的额头。

“那种快乐……”说到这，姚晓明忽然哽咽，眼眶湿润，说不下去了。也许，那种快乐，根本就无法用语言来形容。其实可以想象，当你亲眼看到自己的帮助改变了一个人一生的命运时，油然而生的成就感，定会将心房填得满满当当，还有那种无可言状的喜悦，会有多么纯粹。

志愿者永远是最快乐的人群。曾经看过一个志愿者的墓碑，墓志铭上只写了一句话，我至今记得清清楚楚：“这个人一生做了一万六千三百个小时义工。”不难看出，他把做公益当成了人生中最大的荣耀，他的一生，是在快乐中度过的。

同样是在深圳，还有个“爱笑俱乐部”，创始人叫张立新，别人都喜欢称他“张笑长”。人到中年的他，曾一度患上了抑郁症，苦不堪言。一个偶然的机会，他了解到大笑可以减压，于是开始练习大笑，没想到，困扰多年的抑郁症竟然不治而愈。欣喜之余，他开始向别人传授经验，把大笑作为一种健身运动，推而广之。他还创立了一套完整的笑姿，比如“拉弓箭式大笑”“摇牛奶式大笑”，想方设法教人们如何笑。随着笑友队伍迅速壮大，去年5月，在广州白云山，张立新成功组织了一千人持续不断地大笑，足足一个小时，笑声震天，据说还打破了吉尼斯世界纪录。

这实在有些让人哭笑不得——竟有那么多人不会笑了，还要老师来教。有人做过科学统计，成年人通常每天笑十到十五次，而孩子每天能笑四百次！谁不想天天快乐，笑口常开，但偏偏有人笑不出来。原因恐怕并不复杂——人们失去了快乐的源泉，找不到大笑的理由，自然笑口难开。

如何让自己快乐起来？投入“张笑长”门下，或许是个不错的选择。但是，这样的快乐，终究是被动的，是由外而内的，短暂的。做公益，能获得另一种快乐。有个从西部回来的志愿者，曾说过这样的话：“有一种生活，你没有经历过，就不知道其中的快乐；有一种快乐，你没有拥有过，就不知道其中的纯粹！”

你快乐吗？如果答案是否定的，不如去做点儿公益。打开心窗，阳光才能照耀心扉。当你张开双臂，把温暖传出去时，最先灿烂的，一定是自己。不信，你试试。

善缘

袁浩老人是广州医学院的教授，因患中风卧病在床。始终在身边照料他的人，既非袁老的亲戚，也不是请来的护工。有人来看望袁老，问他是袁老的什么人。他答，我是袁老的病人。病人为何照顾医生？

他叫李敬斋，来自河南的普通农民，十九年前曾是袁老的病人。

十九年前，李敬斋似乎霉运当头，连续遭遇了两场车祸，左右腿先后骨折，由于伤势恶化，又导致股骨头坏死。这种病在当时几乎是绝症，意味着终生残废，患者不仅疼痛难忍，完全丧失劳动能力，连走路都要靠拐杖。那年他才三十八岁，正当壮年，上有年迈多病的双亲，下有三个未成年的孩子，顶梁柱一旦倒下，这家的天也就塌了。李敬斋抱着最后一线希望，与妻子一起南下广州，慕名找到了袁老。

李敬斋永远记得，当他拄着拐杖，心情忐忑地敲开袁老家的门时，正在吃早饭的袁老立即放下碗筷，起身热情相迎。检查完伤势，袁老建议他立即手术，也许有治愈的希望。听说有救，李敬斋大喜过望，但是很快又陷入了绝望。这是大手术，光住院押金就要一万元，而他在家里东拼西凑只借到了两千元钱，杯水车薪。虽然彼此素昧平生，但当袁老得知他家的情况后，还是答应尽量帮他想办法。

夫妇俩在广州举目无亲，在等候住院的那些天，为了省钱，他们没舍得住旅店，每天露宿在医院的走廊里。袁老担心走廊上人多眼杂，又找到李敬斋说："你们身上的钱最好交给我来保管，这样更安全些。"虽然才见过几次面，李敬斋已把袁老当成了最可信赖的亲人，他让妻子把两千元救命钱缝进内衣，带到袁老家里，放心地交给了袁老的老伴儿保管。妻子忽然向她扑通跪下："大妈，您真好！"夫妇俩满怀感激，庆幸遇上了好人。

几天后，终于等来好消息。袁老在走廊上找到李敬斋，面露喜色道："快去我家拿钱，准备办入院手续。"经过袁老多方努力，并提出申请和担保，医院同意为李敬斋减免部分医药费和住院费，还安排他的妻子在医院做临时清洁工，以增加收入。袁老亲自主刀，手术非常成功，一个月后，李敬斋可以出院了，但是还欠下医院一千多元费用。妻子打算让他先回家调养，自己留下来继续做清洁工，偿还欠医院的款项。但这一意见却遭到袁老反对："你不能留下，丈夫还需要你照顾，医院里的事我会处理。"夫妇俩办完出院手续回家，直到五年后才辗转得知，那些欠款都由袁老悄悄为他们垫付了。

李敬斋夫妇回到河南老家，不知如何表达感激之情，于是把袁老的照片挂在中堂之上。在他们心里，袁老就是菩萨。李敬斋说："他不光救了我一个人，还救了我们全家。"从此以后，两人书信来往不断，袁老也一直在跟踪了解他的康复情况。多年来，李敬斋始终念念不忘，要报答袁老的恩情，但是每次寄去的礼物，都被退了回来。

一晃十九年过去，年过八旬的袁老夫妇不幸先后中风，卧病在床，生活难以自理。当李敬斋夫妇得知消息后，再也坐不住了，毅然决定要去广州照顾二老。作出这个决定并不轻松，李敬斋的父母都已年老体弱，三个儿女都在外地打工，他们走了，照顾父母的重任便落到了身患小儿麻痹的弟弟一人身上。但是他没想到，弟弟二话不说就表示赞成。当乡亲们听说他们要去报恩时，也纷纷答应帮助照顾双亲。时隔十九年，年近花甲的李敬斋夫妇再次踏上了南下的列车，只为报恩。

来到广州，李敬斋陪护袁老，妻子则负责照顾袁老太太，夫妇俩把二老当成亲生父母，悉心照料。袁老全家深怀感激，好几次提出要给他们发工资，但是夫妇俩死活不答应。李敬斋固执地说："我们之间不是钱，是情。"

情义无价！相隔千里，跨越十九年，很多事情都已改变，唯有真情未变。袁老夫妇当初帮助李敬斋，从未想过要任何回报，但是李敬斋坚持认为："知恩图报，是正常人做的正常事。"佛说："善恶皆有因，万物皆有缘。"我愿意相信，这是两家人的不解之缘，更愿意相信，世人皆有善缘。

神圣的职责

一辆卡车从村子中间的公路驶过，车厢突然起火，车上满载着几十个油桶，里面装的都是石油半成品。"砰"的一声巨响，一个火球突然冲上了几十米的高空，爆炸过后，油桶碎片纷纷落在村民家的屋顶上。爆炸声接连不断，火光冲天，浓烟滚滚，村民都被眼前的景象惊呆了。更让人感到恐怖的是，卡车着火后并未停下，似乎已经失控，像一条狰狞的火龙，拖着滚滚浓烟，依然向前狂奔。慌乱中，有人拨打了 119 火警电话。

当我和派出所的同事赶到现场时，大火已经被扑灭，消防队员正在忙碌地收拾灭火装备。卡车停在村子外约一千米的空旷地带，已烧得面目全非，只剩下一个乌黑的骨架，仍在向外冒烟，变形的油桶和七零八碎的汽车零部件散落一地。肇事司机是个中年汉子，看上去惨不忍睹，衣衫褴褛，满脸烟灰色，只剩两个眼珠子露在外面，头发和眉毛都烧焦了。他是个经验丰富的老司机，发现车厢着火时，本来可以立刻弃车逃命，没有人比他更清楚那些油桶的威力。但是他越担心汽车爆炸，越不敢停车，反而加大油门，冒着车毁人亡的危险冲出了人烟密集的村子。当他跳出驾驶室时，已经火烧眉毛了。

劫后余生，司机在描述事发经过时，仍显得惊魂未定，甚至有些语无伦次。为了让他尽量放松，我鼓励他说："你真勇敢，不怕死，不然整个村子都危险了。""谁不怕死啊？"他苦笑着摇头，"村里人那么多，我是司机，不能扔下车不管。"当他作出生死抉择的瞬间，也许根本来不及想太多，只是下意识地知道，不能放弃司机的职责。心怀恐惧依然向前，责任战胜了逃生的本能。我接触过的案子无数，第一次对一位肇事司机心生敬意。

还是一起事故。一辆武装押运的运钞车，从一座高架桥上经过，由于早晨结冰，路面湿滑，车子急刹车时突然失控，冲断护栏后翻到了桥下。这不是普通的交通事故，不仅涉及车辆和人员的安全，还关系到车上巨额现金和武器的安危。各部门迅速赶往出事地点，当我最先到达事故现场时，不由得惊呆了。我看到了永生难忘的一幕：

运钞车斜躺在河边的浅滩上，四轮朝天，车体严重变形，各种油料仍在汩汩地往外泄漏。一名年轻的保安从车里爬了出来，他是车祸中唯一的幸存者，显然伤得不轻，满脸血污，歪戴着钢盔，防弹背心上沾满了污泥和油迹，腿上还在滴着血。四周空旷无人，但他依然紧握手中的枪，吃力地站在刺骨的寒风中，随时保持高度警戒。他像刚从战场上溃退下来的残兵，全无了往日的威严。这种场面简直有些滑稽，又充满了悲壮。我肃然起敬——灾难和恐惧，并未让他放弃职守。

每天都会见到形形色色的人和事，大多转瞬即逝。那两张并不熟悉的面孔，却总在我的记忆中回荡，抹也抹不掉。都是些平常的人，做着平常的事，远谈不上什么壮举。当然可以解释为职责所在，各行各业都有它的职业操守，但问题是，当生命受到威胁时，你还守得住吗？

我们需要英雄，更离不开这些恪尽职守的普通人。有些事情是你不愿做的，因为你明知道有危险，但又必须去做，这就是责任；有些事情是你轻易就能做到的，而且有利益驱动，但是不能去做，这就是良知。当责任战胜了恐惧，当良知打败了诱惑，我们在每个岗位所做的每一件事，就都有了神圣的意义。

温暖一生的问候

德永昭广出生于日本广岛。那时二战刚结束不久，父亲受到原子弹爆炸后的核辐射，在他出生后不久就病逝了。母亲忙于生计，无力独自抚养他，只好把他送到佐贺县的外婆家寄养。那年，他只有八岁。

外婆家也十分艰难，住破茅草屋，缺吃少穿。他很懂事，与外婆相依为命，从不提过分的要求。他无时无刻不在想念妈妈，可是路途遥远，无法相见。不久后，佐贺县要举办一场职业棒球比赛，刚好有一支队伍是从广岛来的。他得知消息后无比兴奋。他是个超级棒球迷，还在广岛时，妈妈带他看过好几场职业棒球赛。更让他感到幸运的是，广岛队全体队员就住在外婆家附近的旅馆。

那天下午，他和许多小朋友早早来到旅馆门口，都想一睹偶像风采。然而，直到夜幕降临，仍迟迟不见队员出来。同去的小朋友们都等得不耐烦了，大失所望，纷纷离去。最后只剩下他一个人，依然在门口独自守候。终于，他看到几个队员走出了旅馆大门。

他飞快地跑到一个高大的队员身边，仰起头问："叔叔，我可以问你一件事吗？"那个队员停下脚步，面带微笑："当然可以，你想问什么事？"他说："我妈妈也在广岛工作，她姓德永，你见过吗？"队员蹲下身来，伸出宽大的手掌，摸了摸他的后脑勺，很认真地回忆起来：“哦，想起来了，我见过你妈妈。你怎么会在这里呢？”他兴奋得脸都涨红了，一五一十地回答：“我妈妈工作很忙，所以把我寄养在外婆家。”队员让他在门口等一下，然后转身进了旅馆。

从旅馆出来，队员拿出一包甘纳豆，交到他手里，然后跟他挥手再见。

“见到你妈妈，请代我向她问好！”

“嗯，再见！”他认真地点了点头，用力挥手。队员走远后，他把一颗甘纳豆放进嘴里，香甜四溢。自从离开了妈妈，他从未像今天这么幸福过。

后来，他清楚地知道，妈妈从不认识一个广岛队的棒球队员。

德永昭广长大后，成为了很有名的相声演员。无论多少年过去，那包甘纳豆的香甜，都令他始终不能忘怀。那些童年时的贫穷经历，都成了他最好的创作素材，总是让人捧腹大笑。许多人不明白，为什么苦难也可以变成美好的记忆。他在回忆录中解释道：“那一声问候，温暖了我一生！”

珍妮的微笑

记住珍妮，缘于一张特殊的婚纱照。新娘身披婚纱，洁白轻盈如蝉翼，瘦削的瓜子脸上，荡漾出迷人的微笑，楚楚动人；四位年轻帅气的新郎，前后左右将新娘簇拥在中间，如众星捧月。

照片上的美丽“新娘”，是武汉女孩儿李珍妮。她刚刚跨入大学的校门，身体就被查出恶性肿瘤，晚期！她那么年轻，却要独自面对死亡，父母的心都碎了。每次疼痛发作，她总是强忍着一声不吭。母亲含泪说：“孩子，疼就哭出来，这样会好受些。”但她从来不哭，反而安慰母亲不要哭：“我一定能战胜病魔。”在家养病的日子，珍妮在网上开通了博客，鼓励自己和同样患病的网友：“这一秒不放弃，下一秒就有希望。”她的乐观坚强，感动了无数人，祝福从四面八方飞来。

与同龄的女孩儿一样，珍妮的心中，也曾有过许许多多五彩斑斓的梦想。她想看看自己穿婚纱的样子，随着病情加重，也许时日无多，心中的愿望越来越强烈。此事被当地媒体报道之后，几十名男孩儿打来电话，表示愿意陪珍妮拍婚纱照，帮助她实现这个美丽的梦想。此时的珍妮已极度虚弱，由父母搀扶着走进了婚纱摄影店；披上洁白的婚纱，她甜甜地笑了。

一个月后，珍妮的病情急剧恶化。她几次请求父母，要让自己死后捐出角膜，悲痛欲绝的父母没有答应。在生命的最后几天，珍妮开始陷入昏迷，在医生全力抢救下几次醒来，但已不能说话。

每次睁开眼睛，她都直直地看着医生，从未哭过；医生和护士却当场落泪，他们从未见过如此坚强的病人。当珍妮第六次醒来时，已进入弥留状态，依然睁着大大的眼睛。医生忽然明白了，赶紧跑去问珍妮的母亲：“孩子是不是还有什么心愿未了？”母亲知道女儿的心事，赶到病床前，悲痛欲绝，已泣不成声：“孩子，你要捐献角膜，我们答应你！”珍妮用尽最后的力气，拼命眨动几下眼睛，随即又昏迷过去。

珍妮的心愿已了，再没有醒过来。三天之后，母亲强忍悲痛，眼含热泪，拨通了深圳眼科医院姚晓明博士的电话……

那天，在电视上见到珍妮的母亲。生死两茫茫，忆起女儿生前的点点滴滴，音容笑貌宛如昨日，母亲肝肠寸断，已成泪人。这时候，有个陌生的女孩儿走到母亲跟前，忽然用手蒙住自己的左眼，只露出右眼，轻轻地说："阿姨，我用这只眼睛看你。"女孩儿的右眼，在黑暗中苦苦等待了二十年，直到接受了珍妮的角膜移植，才得以重见光明。目光接触，刹那间，悲伤的母亲怔住了，渐渐地，脸上浮出浅浅的笑，晶莹的泪花，顺着眼角缓缓滑落——女儿没走啊，正睁眼看着自己呢！

在珍妮生病期间，曾有一次选择的机会，做"改道"手术，运气好的话，或许能摆脱死神。这是最后一线生机，但也意味着，她的后半生，都必须在腹部吊着一个装排泄物的袋子。想到这些，珍妮就不寒而栗，她在博客上写道："我才二十岁，我还年轻，还想去大学完成学业，还想继续穿漂亮衣服，把自己打扮得漂漂亮亮，我更想以后有个真爱我的人，和我一起踏上红地毯……可是现在的我，病情很可能会转移恶化，必须'改道'，我好害怕！"

生命，有时竟如此残酷！在与死神的抗争中，珍妮从未放弃，即使在生命的最后一程，依然坚持着。医生当初断言她活不过三个月，她顽强地坚持了两年。但她拒绝了"改道"，义无反顾——哪怕是离开，也要快快乐乐、漂漂亮亮地走，为自己画上一个美丽的句号。对于生命，也许珍妮有着自己的理解：永不放弃，笑对死亡。珍妮的生命中，已写下了最精彩的一笔，死不算什么，大可坦然面对。

珍妮走了，带着对生活的无限眷恋，带着她的青春美丽，匆匆而别，仿佛一道流星划过，虽短暂，却已把光明留在了世间。我久久地凝视那张婚纱照：洁白的婚纱，天使般的微笑。忘不了那个美丽的女孩儿——李珍妮，深圳眼库第167号角膜捐赠者！

车祸中幸存的母亲

1972年夏天，一个闷热的晚上，美国田纳西州，一辆小汽车稳稳地行驶在宽阔的公路上。米莉全家乘车外出，车上有她的丈夫、四岁的女儿，以及不到两岁的侄子。丈夫有多年的驾驶经验，双手牢牢握着方向盘，全神贯注目视前方。此时路上的车流量虽然不大，但考虑到妻子米莉怀有七个月的身孕，他尽量把车子开得平稳舒适。车上的冷气刚好合适，音响飘出美妙的轻音乐。米莉坐在副驾驶位置上，悠闲地欣赏着窗外的夜色，心情舒畅。然而，她怎么也不会料到，灾难会突然从天而降！

他们刚刚驶出三英里远，一辆失控的汽车忽然疯了一般从后面全速冲上来，“砰”地一声巨响，撞上了米莉一家乘坐的汽车，汽车零部件和玻璃碎片洒满一地。汽车连续翻滚后，随即爆炸起火，熊熊大火映红了漆黑的夜空。面对突如其来的灾难，米莉根本来不及作出任何反应，便当场失去了知觉。

几天后，当米莉艰难地睁开双眼，发现自己躺在医院的重症病房。她身受重伤，全身大面积烧伤，多处严重骨折。当她渐渐苏醒后，噩耗却接踵而来，她的丈夫在车祸中当场死亡，年幼的女儿和侄子同时身受重伤，生命垂危。她悲痛欲绝，泪流满面，却连抬手擦眼泪的力气都没有。然而灾难并未停止，在她接受治疗的过程中，女儿和侄子因伤重不治，相继离开人世。由于米莉伤势太重，她腹中的婴儿被迫提前两个月早产。又一个无辜的孩子，刚生下来就双目失明，看不见这个美丽的世界。

意外的灾难，顷刻间把这个幸福的家庭碾得粉碎。车祸不仅残忍地夺走了她最亲的人，也夺走了她对生活的信心。最初的那段日子，米莉的心支离破碎，几乎找不到活下去的理由。不久后，事故调查人员告诉米莉，他们勘查事故现场时，在肇事车辆上发现了大量空酒瓶，而且肇事司机当时醉得不省人事。听到这个消息，米莉愤怒了，这不是意外，分明就是谋杀！从那一刻起，她意识到自己必须活下去，要为惨死的亲人讨回公道。

在坚强的信念支撑下，米莉顽强地活了下来。稍微康复之后，她就四处奔走呼告，试图让法官相信，酒后驾车不是一般的意外事故，而是谋杀。但在当时，美国的法律并未禁止酒后驾车，这起三死两伤的惨剧，只被作为普通的交通事故审判。最终，肇事者只受到了轻微惩罚，被判两年监禁。

面对这个判决结果，尽管米莉在情感上难以接受，但是理智告诉她，谁也无权超越法律。米莉的努力失败了，但她并未就此放弃，而是选择了另外一条路。自己的亲人已无法挽回，但只要酒后驾车一天不被禁止，同样的惨剧就将在别人身上重演。一想起失去丈夫和孩子的切肤之痛，她就会不寒而栗；要阻止灾难继续发生，只有说出自己的遭遇，告诉人们酒后驾车的危害。她决定为此付出一生的精力，不管这条路有多长，无论遇到什么艰难险阻，决不放弃。

米莉开始四处演讲。每到一处，她不得不残忍地撕开自己的伤口，用血淋淋的事实告诉人们："酒后驾车不是事故，是犯罪，是严重暴力犯罪！"这位承受着不幸的母亲，为了他人的幸福，不遗余力地四处奔走，泣血呼告。无数人为之感动，越来越多的人成为她的坚定支持者，并加入她的行列。在她坚持不懈的努力下，车祸发生十一年后，美国田纳西州成立了"反酒后驾车母亲协会"，米莉是这个民间组织的发起者，并担任协会主席。

在米莉带领下，协会成员采用各种方式宣传酒后驾车的危害；另一方面，他们又向政府和立法机构大声呼吁，要求出台更加严厉的法律，禁止酒后驾车。在米莉和"反酒后驾车母亲协会"的影响下，美国各州先后通过了两千三百多条相关法律，无一例外都把酒后驾车定为犯罪；同时降低醉酒驾车的酒精含量测试标准，加大处罚力度。事实证明，米莉多年的努力没有白费，提前预防远比事后谴责更有意义。在美国各州，自各项法案陆续出台后，因酒后驾车引起的车祸数量逐年下降，人们的出行变得更加安全。

米莉不能挽救自己的亲人，甚至无法为他们讨回公道，却挽救了千千万万素不相识的人。这份爱，早已超越了国界。当我们走在马路上，如果感到比以前更安全的话，或许不应该忘记这位伟大的母亲。

矫友田

1973年生于青岛，《读者》《思维与智慧》等期刊签约作家。迄今已出版《抚慰一生的智慧茶》《生命的慰藉》《图说老手艺》《火舞的蝴蝶》等作品近二十部，与人合著、主编图书三十余部。曾获冰心图书奖等。

感恩的天空

他，是一名非常优秀的年轻教师。每到新学期的第一堂课，他总会为那些新生在黑板上写上这样一句话：“让我们学会感恩！”

然后，他就会跟新生们讨论“感恩”这个话题。在学生们的眼里，“感恩”这个词语，既熟悉又陌生。他们大都认为，感恩最终的表达方式，就是以物质报答那些曾对自己的生活有过帮助的人。

他微笑着点着头，而后，他就会对自己的学生讲述这样一个故事。

在六年以前，有一个品学兼优的男孩儿考入一所大学。但是，因为家境贫寒，他面临辍学的困境。后来，有一位好心人开始资助他上大学。

每到学期开学的时候，他就会定期收到那位好心人为他汇寄来的学费，一直资助到他大学毕业。当时，那个男孩儿和他的父母曾多次提出，欲当面感谢那位资助他读书的好心人。可是，都被对方以各种理由婉拒了。

直到他参加工作之后，那位资助他完成学业的好心人才答应跟他见面。然而，令他惊讶不已的是，资助他的那位好心人，竟然是一位腿有残疾，依靠双拐走路的人。他虽然经营着一个小公司，但是效益并不算好。

于是，那个男孩儿提出来，他准备在以后的工作中，用自己的薪水偿还那位好心人曾经资助过他的学费。

那位好心人却笑了，并坦诚地说："你能够有一颗感恩的心，我非常欣慰。但是请你一定记住，我给你的不是一种施舍，而是一种心与心之间的平等交换。你的表现，已经给了我最好的回报，你并没有欠我什么。"

从那位好心人真诚而笃定的眼神里，他蓦然明白了感恩的真正含意。在以后的工作中，他发愤努力，赢得了大大小小很多荣誉，而且他还拿出自己工资的一部分，资助了两名偏远山区的贫困学生……

他讲完这个故事之后，就会郑重地对眼前的学生说："你们想认识那个曾经接受过资助的男孩儿吗？他现在就站在你们的面前。请你们一定要记住一点，感恩会使你们的心胸像天空一样广阔！"

是啊，在生活中，每一个人都应该怀有一颗感恩的心。你应该感恩一杯水，是它滋润了你的生命，并濯去你身上的污渍，因而你应该珍惜每一滴水；你应该感恩一棵树，是它在默默地为你的生命输送氧气，因而你应该善待身边的每一棵树；你应该感恩一捧粮食，是它们用生命换得你继续生活下去的营养，因而你应该珍惜手中的粮食；你应该感恩父母，是父母给了你生命，并将你养育成人，因而无论何时何地，你都不应该忘记孝敬自己的父母；你甚至应该感恩挫折和苦难，是它们将你的生命磨炼得愈加坚强，因而你应该坦然地去接受厄运的挑战……

当你拥有了一颗感恩的心，你的心灵世界就会变得越来越博大，越来越有活力！

生命的绿意

每一次去文化市场的旧书市上淘书，我都会经过一个略显偏僻的转角。在那个转角处摆摊儿的，是一位年近六旬，身形枯瘦的老者。他所卖旧书的品种，要比附近其他那些书摊少许多。即便是这样，不多的旧书，还被一些过期的教辅读物占去大半。因此，老人的书摊儿前总是显得有些冷清。

我从他的书摊儿前经过时，也很少逗留。几乎每一次，都见他眯缝着眼睛坐在马扎儿上打盹，好像同行们热闹的生意与他无关。

刚开始，老人的书摊儿唯一引起我注意的一点，就是摊儿前那一摞开本很大的旧书。其实，那一摞旧书只不过有五六本。因为每一本书都非常厚，所以看上去它们足有一米高。那些早已泛黄的纸页，很容易使我联想起那些古老的经书。

于是，我俯下身去，颇为好奇地翻开其中的一本，里面竟是一些密密麻麻的，排列有序的针眼儿。

此时，老人在一旁微笑着说："这些都是盲文书，你需要吗？"

哦，这时我才注意到在书的封面上，印有"中国盲文出版社"的字样。我摇了摇头走开了，心头还升起一种莫名的尴尬。忽然，我感觉自己跟那一摞书的距离一下子变得异常遥远，也包括老人的书摊。

那天中午，当我拎着一捆刚挑选的旧书从老人的摊儿前经过时，只见在他的摊儿前蹲着一个十六七岁的男孩儿。他正在专心地翻阅着那一摞盲文书中的一本，他的肩上还背着一个大大的帆布包。

因为好奇，我走到那个男孩儿的近前。而他好像一点儿都没有注意到我已经走到他的身边，仍认真地翻阅手中的书。

这个时候，我才发现那个男孩儿原来是一名盲人。他用手轻轻地在那一排排针眼儿上触摸着，每翻过一页，他都会小心翼翼地将那页的折角抚平。那本陈旧的书，在他的手中显得有些珍贵。

过了一会儿，男孩儿欣喜地抬起头来问道："老伯伯，这本书卖多少钱呀？"

我这才发现男孩儿翻阅的是一本名为《光明之路》的盲文书。从封面上印刷的小标题，我知道书里面收集的都是一些由盲人作者创作的文章。

老人笑道："你要是喜欢，我就送给你吧。"

那个男孩儿却摇了摇头说："那不行，您猜我刚才在书里读到了什么呢？"

我和老人都有点儿诧异地看着他。

男孩儿将手指再一次放到刚才翻阅的那一页上，轻声读了起来："当别人送给你一个温暖春天的时候，你就要努力使自己的生命焕发出绿意，作为爱的回报……"

老人的脸上写满了赞许，而后他干脆地说："那你就给我留下两元钱。"

男孩一边掏钱，一边跟老人道谢。然后，他弯腰捡起地上的那根用铝合金制作的盲杖，慢慢地走开了。

而接下来我跟老人的谈话，或许有点儿明知故问的意思：“老师傅，那么厚重的书，你为什么只卖给他两元钱呢？你就是拿去卖废纸，也不止两元呀。”

老人听了，很认真地解释说：“那个孩子虽然眼睛看不见，但是我想他的心一定是明亮的。其实，我刚才是想免费送给他的，可是你也看到了吧，他需要的不是施舍，而是尊重。我真高兴，能送他一个春天。”

我被老人的话语给深深地打动了。

是啊，在生活中，对于我们只是一点儿微不足道的付出，在那些需要它们的人的眼里，或许会变成一个温暖的春天，使他们不再畏惧寒冬的风雪。

那么，就让我们学会付出吧！同时，我们还要像那个双目失明的男孩儿一样学会感恩。当我们得到别人热情帮助的时候，无论得到得多还是少，我们都要努力使自己的生命泛出绿意，作为爱的回报！

一捧阳光

深秋的海水透出些许凉意。在那被阳光晒得暖暖的沙滩上，游客们或坐或躺，惬意地欣赏着鸥鸟在海面上翩翩飞舞。

我和朋友走到附近一个卖贝壳小饰品的摊位前，欲买几串贝壳项链。朋友一边挑选，一边跟那个卖贝壳小饰品的女孩儿讲价。

这时候，一个手中提着玩具塑料桶的小男孩儿走了过来，他看上去只有五六岁。他看着一只用海螺壳黏合而成的小海龟，稚声地问:“阿姨，这只小海龟多少钱呀？”

那个女孩儿摸了摸他的脑瓜儿，微笑着说:“五元一只，小朋友，你要买一只吗？”

小男孩儿只是抿着嘴唇，并不回答。他好像在思忖着什么问题。过了一会儿，小男孩儿终于下定了决心，从衣兜里掏出三元钱，还有一沓圆圆的卡片。他依依不舍地从中抽出两张，而后连同三元钱一同递给了那个女孩儿，说:“阿姨，我要买一只小海龟。”

那个女孩儿接过钱去之后，稍微愣了一下，继而格格地笑了起来。我和朋友也被小男孩儿这个有点儿怪异的举动给逗乐了。

女孩忍住笑，对他说:“小朋友，你给的钱不够，还差两元呢。”

小男孩儿挠了挠头，从那个女孩儿手中把钱和卡片拿了回去，在我们的面前重新数了一遍。他显然是把那两张圆形的卡片也当作钱币加了进去。

此时，那个卖贝壳饰品的女孩儿恍然明白了小男孩的心思，仍笑着说:“这两张卡片虽然很漂亮，但是它们不能当钱用的。”

小男孩儿听了之后，半信半疑，甚至有点儿委屈地嘟哝道:“可是，妈妈怎么告诉过我，这些卡片当中的任何一张都抵得上一元钱呢？”

我从小男孩儿手中接过那两张圆圆的卡片，在每一张上面都有一个手工绘制的红五角星。我有些好奇地问道：“这些卡片是从哪儿来的呀？”

小男孩儿认真地回答说：“这些卡片都是妈妈制作的。我在幼儿园里得到一朵小红花，妈妈就会奖励我一张大五角星的卡片；我在家里受到一次表扬，妈妈就会奖励我一张小五角星的卡片。妈妈说过了，等我把写字台的那几个抽屉攒满了，就可以用它们买一辆真正的赛车了。长大了，我想当一名赛车手。”

我又问他：“那你为什么要用它们换一只小海龟呢？”

小男孩儿告诉我，再过两天就是他奶奶的生日。奶奶一直非常疼爱他，他自己也想送奶奶一件生日礼物。因此，他才舍得用两张大五角星的卡片抵两元钱来买一只小海龟。

我赞许地点了点头，然后告诉那个卖贝壳饰品的女孩儿：“他少付的两元钱，待会儿由我和朋友来付。”她爽快地挑选了一只精美的小海龟递给那个小男孩儿。他将那只玩具小海龟放入塑料桶里，高兴地跑开了。

朋友笑着说：“这个小家伙儿挺有趣的。”

我问朋友，好像也是在问自己：“在他这般年纪的时候，我们不也是这样天真吗？”

朋友点了点头，而后说：“我忽然想起这样一句诗——采一捧阳光送给你。”

那个卖贝壳饰品的女孩儿，将我们挑选的十几件贝壳饰品包装好。在付钱之后，我和朋友欲转身离开的时候儿，从海滩一角赶过来一位年轻的母亲。她不停地朝我们挥手，示意我和朋友停一下。刚才的那个小男孩儿，跟在她的身后。

母子俩跑到我和朋友面前，她手里拿着两元钱，气喘吁吁的。此时，她略显尴尬地笑着道歉说：“我没有想到，孩子会那么当真，真把那些卡片当钱……”

我笑着打断她的话，认真地对她说：“我很钦佩你这位当妈妈的，所以请你收回那两元钱。”

朋友则在旁边重复一遍我刚才说过的那句话：“在他这般年纪的时候，我们不也是这样天真吗？”

继而，我们都笑了起来，而在那位年轻母亲的笑容中则溢满了感激。

阳光洒满日子的角角落落，一捧阳光是那么微不足道。但是，阳光是希望和力量的源泉。有时候，一捧阳光能够变成一个温暖的春天。你采一捧阳光给我，我采一捧阳光送你，生活才会变得愈加灿烂！

李良旭

现居安徽马鞍山，《读者》《青年文摘》《意林》《格言》《特别关注》《思维与智慧》《微型小说选刊》等期刊签约作家。从事文学创作三十多年，已发表文学作品三百多万字，有多篇文章在全国文学大奖赛上获奖，并有多篇文章入选中考语文试卷和中学生课外阅读书籍。许多文章先后被收录在《带着智慧远行》《永远不要找借口》《智慧的人生不寂寞》《回回头看见爱》《修好自己的这颗心》《穿越时光的思念》等八十多部图书中。

为一只蚂蚁引路

亿万富豪丹尼尔在散步时，发现一个小男孩儿蹲在路边，手里拿着一根草茎在地上摆动着。丹尼尔好奇地俯下身子，抚摸着小男孩儿的头，问道："小朋友，你在干什么呢？"

小男孩儿头也不抬地回答道："我在为一只蚂蚁引路。"

丹尼尔听了，忍俊不禁地笑道："一只蚂蚁需要你引什么路？"

小男孩儿认真地回答道："这只蚂蚁和同伴走散了，正惊慌失措地四处寻找它的同伴，我要把它引到它们的队伍中去，这样它才有生存下去的机会。"

丹尼尔仔细地看去，这才发现原来小男孩儿在用草茎将一只走散的蚂蚁慢慢地引到一个蚂蚁群中去。在小男孩的努力下，那只走散了的蚂蚁终于被引到了那个蚂蚁群中。见到了同伴，那只走散了的蚂蚁立刻欢快地和大家碰着触角，显得十分亲热和兴奋。

丹尼尔不禁对小男孩儿这种心地善良的做法很是欣赏，他说道："谢谢你，为那只走散了的蚂蚁找到了同伴，也找到了生存下去的机会。"

小男孩儿这才抬起头来望着丹尼尔，他眨着一双聪慧的眼睛，露出甜美的笑容。看着这纤尘不染的笑容，丹尼尔心里荡起层层涟漪……

离开小男孩儿，丹尼尔一路上不住地自言自语道：“为一只蚂蚁引路，真的很有趣、很有创意。”

丹尼尔是美国得克萨斯州一家大型连锁超市的大老板。他乐善好施，常常慷慨解囊，扶危济困，被人称为“大善人”。小男孩儿为一只小蚂蚁引路这件事，给了他心灵很大的震动。他想，给那些迷失方向的蚂蚁引上一条路，使那些走失的蚂蚁不再迷惘、惊慌，真的是一种聪明的做法。行善，从某种意义上讲，也是这个道理。

一天，丹尼尔刚走到公司门口，忽然被一个中年妇女挡住了去路。中年妇女带着一个七八岁的小女孩儿，一把鼻涕一把眼泪地向丹尼尔泣诉道：“丹尼尔先生，您可怜可怜我们母女吧。我丈夫得了重病去世了，我也失业了，我们母女俩的生活陷入了困境。”说罢，女人从包里拿出相关证明，央求丹尼尔能救济一下她们母女。

丹尼尔听了，心里溢满了同情。如果这事发生在从前，他会马上掏钱或叫财务部门拿出一些钱给这对母女救急。但今天他没有这样做，而是亲切地询问那个女人以前是做什么工作的。

女人泪流满面地回答道：“我以前是做财务工作的。”

丹尼尔听了，眼睛一亮，他对女人说道：“我马上安排人事部门对你进行考核，如果没有什么问题，你就在这家超市财务部门工作，并预支你三个月的工资。”

女人听了，脸上露出欣喜的光芒，对丹尼尔连连道谢。

一年后，在这家超市担任财务主管的苏姗女士，她的业务能力和创新意识，很受老板丹尼尔的赏识和器重。在圣诞节超市举办的晚会上，苏姗女士对前来参加晚会的丹尼尔说道："谢谢您，丹尼尔先生，是您将我引上了一条自食其力的路，同时，也给了我一种人格的尊严。"

丹尼尔笑道："尊敬的苏姗女士，不用谢我，是您的才华和努力，在生活中得到了回报。"

苏姗女士羞涩地笑了，笑得很甜、很明媚。

一天，丹尼尔收到一个名叫雅各布的青年给他写的一封信。信中说，他今年刚考入麻省理工学院，由于父母早逝，生活十分困难，上大学的费用到现在还没有着落，希望丹尼尔先生能资助他一下。

丹尼尔看了这封信，给他回了一封信，信中说道："你进入大学后，可以到我公司开在麻省理工学院校园外的那家连锁超市分店打工，我将提前预支你一年的打工工钱，我会把你的相关情况向那家超市说明的，届时你去办理相关手续就行了。"

几年后，已是一家软件开发公司老板的雅各布在公司成立仪式上说道："当初，我是一个穷困潦倒的穷学生，我向丹尼尔先生求助，丹尼尔先生独辟蹊径，将我引上一条自食其力的路。如果当初他只给我一些钱，那只能解决一时之急，甚至使我养成懒惰、不劳而获的思想。可以说，如果当初没有丹尼尔先生的高瞻远瞩，也就没有我今天的创业成功。他的行善，充满着一种智慧和远谋，使被救助的人，得到了一种人格的尊严和力量。"

在出席得克萨斯州举办的大型慈善活动时，丹尼尔对来宾们说了这么一句话："为一只蚂蚁引路，就是一种最大的行善。行善的根本宗旨，是要给被帮助的人，找到一条光明、灿烂的路，还要给人以人格尊严。这是一种道德底线，更是一种人格力量的升华。"

丹尼尔的一番话，在人们心里荡起了层层涟漪，人们心里溢满了温暖和感动。得克萨斯州发行量最大的报纸《休斯顿纪事报》在评论中指出：“为一只蚂蚁引路，是行善的一种最高境界。行善的出发点在于引路。引路，是一种智慧，更是一种心地坦荡的大爱。”

我能认识你吗

转眼，儿子已二十多岁了。渐渐地，我对儿子忽然有了一种全新的感觉和认识。

生活中，儿子能主动地和陌生人说话，说白点儿，就是和陌生人搭讪。对于儿子这样能主动地和陌生人说话，开始我看了很不适应。随着时间的推移，我也渐渐地习以为常了。看到儿子能主动与陌生人沟通，我感到别有一番温暖和感动。用儿子的话来说，能主动地与陌生人相识，也是现代社会必不可少的一种交际能力，它缩短了人与人之间的距离，增添了人与人之间的相互信任和理解。

儿子大学毕业了，我准备和儿子一起去看望一位远方的亲戚。火车站买票的人很多，儿子让我在一旁休息一下，他去排队买票。

儿子站在一位中年人的后面。从背影看，这位中年人身体比较健壮，他的一只手还搀着一个小男孩儿。

忽然，我看到儿子用手抚摸了一下那小男孩儿的头。小男孩儿仰起脸，有些疑惑地看着儿子。儿子对小男孩儿做了一个滑稽的脸部表情动作，小男孩儿见了，脸上露出一丝腼腆的笑容。

中年人下意识地回过头，见此情景，也情不自禁地笑了。只听见儿子冲那中年人颔首微笑道："您好，我能认识您吗？"

中年人听了，眼睛一亮，脸上露出欣喜的神色，笑道："当然可以啦！"

就这样，两人热情地攀谈起来，就像是一对好朋友，一扫排队时的沉闷、枯燥和乏味，周遭氤氲着一缕挥之不去的甜蜜和温馨。

那一幕，我看在眼里，心里不禁溢满了柔软。儿子能主动地与陌生人交流，这不仅需要一种勇气，更需要一种热情和主动，能迈出这一步，是一种自信和超越。

单位保安小王有一次对我说："您儿子真了不起，我和您儿子现在成了很好的朋友了。"

我疑惑地问道："您认识我儿子？"

小王笑着说道："是这么一回事。那天，我正当班，一个小青年走了过来，他说：'您好！我是×××的儿子，我想找我老爸说一点儿事。'

"我说：'那请您登记一下。'您儿子登记完了，忽然转过身，对我说道：'您好，我能认识您吗？'

"那一刻，我有种受宠若惊的感觉，这是第一次有陌生人对我说想认识我，我心里溢满了感动。

"就这样，我和您儿子成了很好的朋友，我从您儿子那里学到了许多为人处世的道理，我的人生舞台变得更加宽广和妖娆。"小王眼睛里闪烁着兴奋的光芒。

听了小王的话，儿子在我心里变得更加亲切、可爱了。

和儿子到一家商场买东西。买完东西，儿子忽然冲着女营业员说道：“您好！我能认识您吗？”

女营业员听了，扑闪着一双长长睫毛的眼睛，紧紧地盯着他看了一会儿，然后，嫣然一笑道：“当然可以啦！”

随后，只见两人掏出手机，互相留下了电话号码。

……

“我能认识你吗？”它让人看到了尊严、平等和信任。有时，我们不需要更多地铺垫、演说和介绍，只需说出“我能认识你吗”，就让人找到了心与心相通的桥梁和纽带，看到了绽放在彼此脸上甜蜜的笑容。

卡什拉十八号的守望

卡什拉大街位于美国宾夕法尼亚州的费城市。这条大街上住着许多户人家，邻里之间都很善良、友好，大家过着幸福、平静的生活。

卡什拉十八号住的主人名叫汉斯，是一名计算机工程师。他有一个儿子，今年七岁了，名叫小约翰。小约翰上小学二年级，学校离家大概有二十多分钟的路程。

每天早上，小约翰上学时，汉斯就会像变魔术一样，站在家门口，将自己打扮成一只唐老鸭，或者是米老鼠、超人、蜘蛛侠……他用这种独特的方式，送别儿子去上学。

儿子看到爸爸这种打扮，常常抿嘴一笑，然后转身向学校走去。看到儿子嘴角露出的那一丝笑容，装扮成唐老鸭卡通形象的父亲更加兴奋地手舞足蹈起来。

下午放学时，汉斯又打扮成憨态可掬的米老鼠卡通形象站在家门口，迎接儿子回家。小约翰看到爸爸这样打扮，嘴角又露出一丝笑容，这笑容稍纵即逝。但是，看到这一丝笑容，汉斯更加兴高采烈地手舞足蹈起来。儿子脸上绽放出的那缕笑容，对于汉斯来说，就是天下最美丽的花朵，芳香袭人，令人陶醉。

小约翰是一名自闭症儿童，这种自闭症是天生的，主要表现为不愿与人交流，对任何东西都不感兴趣，喜欢沉浸在一个人的世界里。当小约翰才三岁时，汉斯得知小约翰得了这种自闭症，一下子惊呆了。他带着小约翰跑了美国许多医院，结果都治不好小约翰的这种病。他感到很痛苦、很不幸。

医生无奈地告诉汉斯，任何药物都无法治愈小约翰的病，要治好小约翰的病，只有用爱，才能使他渐渐走出孤独、封闭的世界。在他十岁之前，是治愈的最佳时期。

听了医生的话，汉斯的眼前一亮，他仿佛看到那跳动着希望的火焰。很快，他挺起了胸膛，目光中闪烁着一种坚强和无畏。他擦去眼角的泪痕，将儿子紧紧地搂在怀里，喃喃地说道：“孩子，让我们一起努力，去拥抱这个美丽的世界。”

从此，汉斯成为小约翰最好的伙伴，他陪小约翰玩耍、旅游、说话、看书、讲故事以及看电视……尽管他很辛苦、很疲惫，小约翰对外界的反应还是那么迟缓，甚至无动于衷，但是汉斯一点儿也不气馁，在他眼里，小约翰就是上帝给他送来的最好的礼物，他必须倍加珍惜和关爱。

小约翰上学了，他别出心裁，每天站在家门口，扮成各种卡通形象，迎送小约翰上学、放学。无论刮风下雨、电闪雷鸣，汉斯都会准时站在家门口。他那憨态可掬、惟妙惟肖的滑稽动作，令小约翰从开始熟视无睹，到定睛细看，再到会心一笑，这一点一滴的细微变化，在汉斯眼里就像是巨大的成功，他的心里比吃了蜜还甜。

渐渐地，卡什拉十八号门口的卡通形象，成为卡什拉大街的一景。终于，人们在得知这个父亲的一番良苦用心后，都被他这种浓烈的父爱深深地感动了。

有一天清晨，汉斯在门口扮成一只活泼可爱的唐老鸭时，他突然发现他旁边多了一只米老鼠，也在那儿手舞足蹈着。那一刻，汉斯什么都明白了，他走到米老鼠跟前，热情地与他拥抱着，两行热泪夺眶而出。

小约翰出门时，他惊讶地看到了两只卡通动物在那里手舞足蹈，脸上立刻露出惊喜的神色。他走上前去，轻轻拥抱了那只米老鼠，嘴里连连说道："谢谢！谢谢！"米老鼠弯下腰，给了他一个吻。他又走到唐老鸭跟前，轻轻地拥抱，嘴里连连说道："谢谢！谢谢！"唐老鸭弯下腰，也给了他一个吻。

一直走出去很远，小约翰回过头去，发现两只可爱的卡通动物，还在不停地又蹦又跳，向他挥手致意！

下午放学回来，在很远的地方，小约翰就看到家门口的唐老鸭和米老鼠，不，他发现旁边还有一个超人，他们在那儿又蹦又跳，向他表示欢迎呢。小约翰兴奋地张开双臂向他们飞快地跑来，嘴里还高声地喊道："谢谢！谢谢唐老鸭！谢谢米老鼠！谢谢超人！"

渐渐地，小约翰发现，每当他出门或者放学回来，家门口的卡通形象越来越多，这些卡通形象好像是在列队表演，向他表现出绵绵不绝的关爱和友情，他那封闭的心灵一天一天地打开了。

小约翰笑了，笑得很甜蜜、很幸福。有时，他也扮成一只卡通动物，与他们在一起手舞足蹈，载歌载舞。小约翰变得开朗、乐观起来，变得愿意与人交流，他有了许多小朋友……这一系列变化，令汉斯兴奋不已。

医生检查后，脸上露出不可思议的表情，他惊讶地告诉汉斯，小约翰的自闭症已基本痊愈了，这简直是奇迹。

医生问汉斯这一奇迹是怎么发生的。

汉斯将小约翰紧紧地搂在怀里，眼睛里噙满了泪水。他哽咽地说道："是爱，是爱的守望，让约翰变成了一个健康、正常的孩子。那些可爱的卡通形象的扮演者，都是我的街坊、我的邻里，他们都是约翰最亲的亲人。"

卡什拉十八号，那温暖、甜蜜的一幕每天都在火热地上演着。看到小约翰在健康、茁壮地成长，人们心里溢满幸福和甜蜜。这种幸福和甜蜜像一股幸福的暖流，在人们心田里，久久地缠绵着、涟漪着……

心灵的救赎

塞班岛是位于太平洋和菲律宾海之间的一个小岛。得天独厚的地理环境，使得塞班岛就像是镶嵌在蔚蓝色海洋上的一颗明珠，水天一色，熠熠生辉。这里有晶莹剔透的海水，银白色的沙滩和色彩斑斓的珊瑚礁。塞班岛，被誉为“旅游者的天堂”。

塞班岛纽卡约大街有一家超市，里面除了生活日用品，还有就是当地出产的旅游纪念品，生意十分兴隆。

一天，住在这家超市不远处的十二岁小姑娘珍妮来到这家超市。珍妮是一个非常美丽、可爱的小姑娘，金黄色的头发，像瀑布似地披散开来；一双琥珀色的眼睛，像海水一样清澈透明。在学校里，珍妮还是学校文艺团体的小演员，她常常在舞台上表演精彩的节目，同学们都喜欢看她的表演，称她是“塞班岛的花蝴蝶”。

可是，珍妮家经济条件不太好。她生活在一个单亲家庭里，母亲是塞班岛的一名导游，每天带着游客往返于塞班岛与吉利奥岛之间，常常不能回家。珍妮一个人还要带着一个七岁的小妹妹。小小年纪，她就很懂事，为了减轻妈妈的负担，她会做很多事，像个大人似的。

学校开学了，珍妮又要表演节目了。她很想戴上一只丝绸制成的蝴蝶夹——如果带上那只蝴蝶夹表演节目，她一定像一只真正的“塞班岛的花蝴蝶”。

这个丝绸制成的蝴蝶夹在纽卡约大街超市里就有卖的，她已经看过很多次了，只要两美元。可是，令她难过的是，在她眼里，这只蝴蝶夹太贵了，她根本舍不得买。她常常带着妹妹到超市里玩，总是喜欢走到摆放那种蝴蝶夹的地方，将蝴蝶夹拿在手里，轻轻摩挲着，眼睛里流露出深深的渴望与希冀。

妹妹看见了，天真地说道：“姐姐，你要是喜欢就买一只吧！”

珍妮用手轻轻抚摸着妹妹柔软的秀发，摇了摇头，将蝴蝶夹又放回到货架上。

妹妹抬起头，忽然看到姐姐眼睛里不知为什么有一丝闪闪发亮的泪花。

有一次，珍妮看到一个和她一般大的女孩子，看到这种蝴蝶夹，欣喜不已。她母亲看到女儿喜欢，就毫不犹豫地给女儿买了一只。望着她们母女俩离开的背影，珍妮站在那儿一动不动，久久凝视着。她咬了咬嘴唇，大脑好像在激烈地思考着什么。

这天晚饭后，珍妮让妹妹在家待上一会儿，说她出去一会儿就回来。看着珍妮急匆匆的背影，妹妹喊了一声："姐姐快点儿回来啊，你还要教我唱歌呢！"

珍妮一个人来到超市，她径直走到摆放蝴蝶夹的地方。她将蝴蝶夹拿在手里，她感到自己的心脏跳得很快，手心里还有细细的汗渍。她四下看了看，发现今晚顾客很多，熙熙攘攘，人们都在专心致志地选购商品。

珍妮将蝴蝶夹紧紧地握在手心里，她感到紧张得心都要跳出来。这个念头在心里很长时间了，当终于要付诸行动时，她还是感到紧张得要命。她四下看了看，发现人们都在选购商品，没有人关注她，她心里好受了些。她将手中的蝴蝶夹慢慢地塞进口袋里，向超市出口处走去。

近了、近了，她已经看到超市门外的椰子树了，听到了海浪拍打沙滩发出的沙沙声响。只要再跨出几步，那枚美丽的蝴蝶夹就是属于自己的了。珍妮心脏简直要跳出嗓子眼儿了。她迈步刚要跨出大门，门口的警报器突然响了。

那突如其来的警报器声响，引起许多顾客注意，人们纷纷向珍妮这边看来。珍妮大脑一片空白，她的腿僵硬了，再也迈不开步子了。

这时，一个女营业员走了过来，她对珍妮说道："小姑娘，你看一下口袋里是不是装了什么东西没有付款？"

珍妮下意识地从口袋里掏出了那枚蝴蝶夹。营业员见了，脸色一下子变得严肃起来，她严厉地说道："按照超市规定，拿了东西不付款，要按十倍的比例罚款。"

珍妮痛苦地将眼睛闭上，心里在默默念叨：我该怎么办？

许多顾客也围拢上来，有的人在指指戳戳，有的人在窃窃私语……那一刻，珍妮感到时间都凝固了，她感到自己的心都碎了。

就在这时，只听到一个深沉的声音，威严地训斥道："玛丽亚小姐，你说话怎么这么没有礼貌，这是我的孙女，她跟我说了，她要来买一只蝴蝶夹，我对她说了，这枚蝴蝶夹钱由我来付。"

"什么？卡拉奇先生，这是您的孙女，真对不起。"

珍妮睁眼一看，只见是一位头发花白，面目慈祥的老人，他正在训斥女营业员刚才的粗暴和无礼。女营业员看着这位老人，窘迫极了，她连连赔着不是。

老人走到珍妮跟前，将她掌心上的那枚蝴蝶夹握紧，笑眯眯地说道："孩子，刚才都怪我，我把这事给忘了，如果我先把这两美元付了，就不会弄出这个事情了。好啦，没事了，快回去吧！"老人说罢，轻轻地抚摸着珍妮的头，将她转过身，送她出了门。

一阵海风吹来，珍妮感到眼睛湿漉漉的。她勇敢地抬起头，轻轻地对老人说道："卡拉奇先生，我会还你两美元的！"

老人笑哈哈地目送着珍妮走远。"惊险"的一幕，总算过去了，可珍妮心中一直忐忑不安，她想：那位老人是谁呢？他为什么要帮我？他将我从地狱一下子拉回了人间。

过了几天，珍妮怀里揣着两美元，又来到超市。她想找到那个叫卡拉奇的老人，她要将两美元还给他。可是，她没有碰到他；后来她又来了好多次，也没有再见到那个老人。一天，珍妮看到超市门口有一个慈善箱，慈善箱上有一行字："这个世界上，总有一些人生活得不如意。献上一份善意，会给生活在底层的人，带来一份希望和勇气。"

珍妮久久地回味着这句话，心里荡漾起一缕暖融融的感觉。她走到慈善箱前，将手中的两美元，郑重地投了进去……

一晃，又一晃，珍妮长大了。大学毕业后，她专门从事了社会慈善工作。她在向人们宣传慈善事业时，常常讲起自己小时候的这个故事。她说："是那个叫卡拉奇的老人，教会了我一个人应该有爱心。"卡拉奇老人不仅救赎了一个孩子的心灵，也使那个孩子走出了阴影，像千千万万个孩子一样，健康成长起来。塞班岛，永远是人间天堂。

这个塞班岛救赎的故事，传遍了岛上每一个乡村渔港。如果你来到塞班岛旅游，纯朴热情的塞班岛人，一定会给你讲起这个塞班岛救赎的故事，这个故事，在人们心里荡起绵绵不绝的回味和感动。

是的，有一种救赎，润物无声，但它却在人的心田里，燃烧起永不熄灭的火焰，照亮了每一个人的心灵。

曼彻斯特的晚风

夜幕下的曼彻斯特道格里街，灯火辉煌，流光溢彩。在道格里街沃尔玛超市上班的维多利亚小姐从超市出来，已是晚上十点了。一阵晚风吹来，维多利亚不禁感到神清气爽。她站在门口的坡道上，深深地呼吸了几口清新的空气。

维多利亚手里拿着一根烤香肠，轻轻地咬了一口，感到很惬意。看到坡道上的维多利亚小姐，几辆计程车驶了过来，维多利亚小姐摇了摇手。维多利亚住在离这儿不远的玫瑰花园，只有二十几分钟的路程。每天晚上下班，她都是走着回去。这条路她太熟悉了，沿途有几根路灯、几棵树，她都一清二楚。

上了一天的班，她感到头脑昏沉沉的。在晚风的吹拂下，她感觉舒服多了。一路上，她边迈着轻盈的步子，边吃着手里的烤香肠，心里溢满了甜蜜。

忽然，从路边巷口中窜出一个黑影。这黑影一把搂住她的脖子，一根木棍抵住了她的胸口。

这一切都毫无征兆地发生了，维多利亚一下子懵了，不知发生了什么事。

这时，只听到一个低沉的声音："别叫，快把你身上的钱交出来！"

一缕清凉的晚风吹来，维多利亚大脑一下子清醒了许多——原来自己遇到打劫的了。过去只听说有人被抢劫过，没想到今天自己真遇上了。

短暂的惊慌后，维多利亚变得十分冷静，她轻轻地对那人说道："小兄弟，你用这木棍顶着我多吓人啊。你快把木棍收起来，只要你不伤害我，我把我身上的钱全给你。"

有人从他们身边走过去，维多利亚没有大声呼叫，她知道，如果这时大声呼喊，那人一定会惊慌失措地用木棍伤害自己的，现在首先是要平复对方的心情。从刚才对方的声音中，自己听出来，对方也一定很紧张。

对方见维多利亚反应并不十分激烈，于是，将顶在她胸前的木棍挪开了。

维多利亚扭过了头，这才看清对方的脸，她心里不禁暗暗吃了一惊。这是一张还十分年轻、稚嫩的脸，大约十四五岁的年龄。这个年龄，应该正在学校上学，没想到，他这么年轻，竟干起了抢劫的事来了。如果他继续干下去，被警察抓了起来，他这一生就给毁了。不过，他这么年轻就出来干抢劫的事，一定有什么难言之隐。想到这儿，维多利亚眼圈一下子红了，她哽咽地说道："小兄弟，你一定遇到困难了，不然不会走到这一步的。我身上就这么多钱，你全拿去吧，解你燃眉之急。"

小男孩儿一下子愣住了，他看着维多利亚递过来的钱，眼睛里闪现出一丝短暂的惊讶。然后他一把抓起维多利亚手上的钱，转身跑进路边的巷子里去了。

看着那瘦小的慌张地逃跑的背影，维多利亚用手按住怦怦乱跳的心。刚才那一幕，让她惊恐万状。忽然，她看到地上有一根黑黝黝的东西，仔细一看，原来是刚才那个小男孩儿逃跑时，将那根木棍掉在地上了。

她弯下腰，将那木棍捡起来。她将那木棍拿在手里，整了整衣裳，继续往家里走去。一路上，刚才那个抢劫的小男孩儿稚嫩、惊恐的神色，一直在她脑海里闪现。不知怎地，她感到心口很痛。

几天后的一个晚上，维多利亚小姐下班刚走出超市，忽然，一个七八岁的小姑娘跑到她跟前，将几张纸币和一封信交给了她，然后，快速地跑进路边的巷口。

维多利亚看到路边有一个大点儿的小男孩儿的身影，那孩子看到小姑娘跑到跟前，挽起小姑娘的手，往巷口黑暗中跑去。

维多利亚感到很疑惑，她握着那几张纸币，将那封信打开，只见信上写道："尊敬的小姐，前几天晚上，我抢了您的钱，让您受惊了，现将钱全部还上。请原谅一个小男孩儿的一时冲动。因为生活所迫，我和妹妹相依为命。当妹妹得知我拿回来的钱是怎么回事后，吓得天天在家哭泣，她让我一定要将这钱还给您，否则，她就不认我这个哥哥了。我每天带着赎罪的心理，在这条街寻找您，终于发现了您在这家超市上班。现让我妹妹帮我把您的钱还上。谢谢您让我的灵魂变得干净了些。"

看着这封信，维多利亚不禁心潮起伏，心中溢满了柔软。那张稚嫩的脸庞、瘦削的背影以及慌乱的眼神，又在眼前浮现……

一天晚上，维多利亚下班回家。发现一个十四五岁的小男孩儿和一个七八岁的小女孩儿蹲在路边卖花，维多利亚情不自禁地走了过去。

小女孩儿热情地喊道："小姐，买一束玫瑰花吧，它象征着美好的爱情！"

维多利亚爱怜地抚摸了一下小女孩儿的头，笑道：“小姑娘，你可真会说话啊！”

忽然，旁边的那个小男孩儿说道：“小姐，这束玫瑰花送给您，您不用给钱的。”

维多利亚小姐看着小男孩儿，疑惑地问道：“你为什么要送给我呢？”

小男孩儿听了，腼腆地低下了头，好像做错了什么事。

维多利亚忽然发现，这个小男孩儿似乎有点儿面熟；忽然，她似乎想起了什么，心中不禁一惊。她定定地看着小男孩儿，过了好一会儿，她才对小男孩儿和蔼地说道：“你这样很好，我们每一个人生活在这世界上，总会遇到许多困难，甚至是像大山一样的沟壑，难以逾越。但是无论遇到怎样的困难，一定要凭自己的辛勤劳动去战胜它，这样才会幸福。”

小男孩儿听了，激动地说道：“谢谢小姐，是您挽救了我，我一定凭自己辛勤的劳动，把妹妹带好！”小男孩儿像个小大人儿似的，眼睛里闪烁着坚定的光芒。

维多利亚丢下一叠钱，转身走了。

一阵晚风吹来，吹散了她额前的刘海儿。一路上，她拿着手里的那束玫瑰花，感到心情格外清澈、亮丽。

能在我的博客留个言吗

一天，我发现有一个博主在我的博客里发了这样一张

"小纸条"："朋友，能在我的博客里留个言吗？哪怕是几个字，对我来说，也是一种温暖和感动。"

看了这张"小纸条"，我不禁哑然失笑起来。开博这些年来，还是第一次有人给我发这样一张要求别人给自己博客留言的"纸条"。于是，我好奇地打开那人的博客。

只见这个博客"置顶"上有这么一行字："我是一个单身母亲，这是我为我儿子开的一个博客。我儿子十二岁了，他是一名进行肌营养不良症患者。这种病，如果不能进行积极有效的治疗，发展下去，就是瘫痪在床上，四肢肌肉萎缩，运动机能全部丧失。他自从得了这个病，完全变了个人似的。以前，他阳光、帅气，充满朝气，可是，现在他却沉默寡言，甚至拒绝治疗。他常常对着窗口发呆，他的眼睛里常常噙满了泪水，那是对生命的渴望和对未来生活的憧憬啊！如果陌生的您能给他写几个字，对他也许是一种巨大的鼓舞和力量，甚至让他战胜可恶的病魔，重新健康起来。"

随后，我将这位母亲的文章一篇一篇地看下去，不知不觉，我的眼睛里噙满了泪水。那一篇篇文字，记录了一个母亲在儿子患病后的心路历程。

这位母亲原来是一名小学教师，儿子患病彻底改变了她的生活。由于经常不能正常上班，她下岗了。没有了工作，她一边勤奋写稿，靠稿费维持着母子俩的生活，一边带着儿子四处求医，希望儿子能尽快地好起来。

她的博客里，已有许多网友在上面留言；每一条留言，她都给予了回复。她说，每一个网友留言，她都要认真地读给他儿子听。渐渐地，她儿子不再感到那么自卑和无助，他感到有一种无形的力量在激励着他、感染着他。他开始积极配合治疗，身体也有了好转。那一句句留言，给了他们母子巨大的精神力量和鼓舞。

我终于仔细地看完了她的博客，随后，我给她的博客写下了这样一段文字：一人一果一树高。我们每一个人来到这个世界上都是独一无二、不可重复的，就像每一片树叶都是不一样的。每一个人、每一粒果以及每一棵树，都有各自的姿态和美丽，这才构成了我们这个万千变化的世界，这片姹紫嫣红，还有芸芸众生。作为一个生命的个体，无论美丽、无论丑陋、无论扭曲，都可以婆娑、可以逶迤、可以招摇。无论转瞬却逝，还是天长地久，都是一种永恒。

很快，我看到了这位母亲给我写的回复："谢谢您，朋友，您写得太好啦！您的这段文字我看了一遍又一遍，让我回味无穷，心中荡起了绵绵不绝的温暖和感动。我将这段文字读给我儿子听了。儿子听了一遍又一遍，他的眼睛里噙满了泪水。"

这位母亲说，儿子用自己已不太灵活的手指敲打着键盘，他要亲自给我留下一条回复。他儿子这样写道："亲爱的叔叔（阿姨），您的留言，我认真地看了，您说得太好啦！'作为一个生命的个体，无论美丽、无论丑陋、无论扭曲，都可以婆娑、可以逶迤、可以招摇。无论转瞬却逝，还是天长地久，都是一种永恒。'是啊，我的身体是残缺的，但我有信心，让我的生命一样'婆娑、逶迤、招摇'起来，没有什么力量能让我'丑陋'和'扭曲'。我要紧紧地扼住命运的咽喉，绽放出生命的'永恒'和'长久'。"

真没想到，一段短短几句的留言，竟给这对母子带来了这么大的力量和信心。我的心，也被深深地感动了。我想，他们的生活还有很多的艰难和曲折，但是，她们心中始终弥漫着盈盈的温暖和爱。那一个个网友在他们博客上的留言，就给她们带来这样浓浓的化不开的幸福和快乐，生活中，再多的灰暗，也会黯然失色，荡漾出一份明媚、一份妖娆。

我将这位母亲博客的链接发给更多的网友，希望他们也能留下一句句留言，让这位母亲和孩子知道，他们并不孤单和无助，有许多人在关注着他们、温暖着他们。

温暖别人，也是温暖我们自己。

鲁先圣

中国作家协会会员，教育部“十一五”课题组文学专家，《读者》《青年文摘》《意林》《格言》《特别关注》等期刊签约作家，龙源期刊网签约专栏作家，《北京青年报》《燕赵晚报》《晶报》《济南时报》《生活日报》《西部商报》等多家报刊专栏作家。已出版散文随笔集《持续地敲门》《黎明的珠露》和历史评论专著《伴你读名著——水浒》等多部，合著散文集《心灵的独白》《爱是条温暖的河》等多部，已发表作品六百万字。《遥远的炊烟》《读书是风雅乐事》等二十多篇作品被选为中考、高考语文阅读试题。曾获第十八届孙犁散文奖二等奖、2009年度冰心图书奖。

只有你不是为财产而来

美国康涅狄格州有一名律师叫凯恩，在一个周末，他同妻子一起驾车去长岛看望自己年迈的姑妈和另外几家亲戚。

姑妈已经年迈，丈夫也已去世多年，又没有儿女，已很久没有人来访了。她一个人孤独地住在一栋大房子里打发着岁月。他们到了姑妈家以后，姑妈喜出望外，很高兴自己娘家的侄子还能够记挂着她这个孤老太太。她非常兴奋地询问凯恩的家庭和孩子的情况，询问凯恩工作的情况，询问凯恩妻子的情况。凯恩认真地回答着姑妈的每一个提问。面对这个孤独年迈的老人，他心中不免生出无限的凄凉。他决定让妻子代表他去看望另外几家亲戚，自己则留下来住几天陪伴姑妈，以慰藉老人的膝下荒凉之苦。

凯恩琢磨，自己应该利用有限的几天时光让姑妈摆脱孤独的阴影，获得满足和快乐。于是他就牵着姑妈的手在房子的四周到处看看，希望能够帮姑妈寻找到过去年月欢乐的记忆。

他问姑妈："您这栋房子建造于五十年前是吗？"

"是的，正是五十年前，当时我同你的姑父刚刚结婚，他非常爱我，为我建造了这栋漂亮的房子。"老人一下子回到了美好的岁月深处。

凯恩认真地欣赏着房子的每一个角落，然后用十分羡慕的口吻对姑妈说："这栋房子让我想起我们老家的房子，它们非常相像，现在再也没有人能够建造这样漂亮的房子了。"

老人异常惊诧地看着凯恩，她激动地说："你居然有这样的眼光！这栋房子，正是比照着我们的老宅建造的！当年，我的先生，你的姑父，为了减少我对故乡老家的思念，特地按照我们老家的样子建造的这栋房子。他是多么爱我！可是，现在的年轻人，再也没有这样真挚的爱情了！"

老太太非常赞赏侄子的眼光。随后，她打开房子的每一个房间，带领侄子一间一间参观多年尘封的物品。这些房间里放满了老人和她的丈夫在世界各地旅行时搜集到的纪念品：波斯的披肩，英国的老茶具，威格瓷器，法国寝具，意大利油画，以及风靡于法国封建王朝时期专用于古堡装饰的丝帷，这些都是价值不菲的收藏珍品。作为律师的凯恩，自然懂得这些藏品的艺术价值，他表现出来的惊叹让姑妈一次次回到当年风华正茂的时光。

参观完房子以后，姑妈带凯恩来到院子里的车库，里面停放着一辆几乎崭新的高级别克车。姑妈说，这是丈夫在自己去世前特地为她买的最后一件生日礼物，他们开了不到一个月，丈夫就去世了。从那以后，她一直把这辆车停放在这里，定期保养维护，但是却再也没有开过半步。

看了车库以后，老太太突然对侄子说："我要把这辆车和这栋房子送给你，因为只有你不是为了我的财产而来，只有你具有欣赏它们的眼光和能力。"

凯恩非常意外，他住下来，只是为了帮助姑妈寻找当年的幸福的，只是为了慰藉老人的孤独之苦的，面对这样突然而来的一笔巨大财产，他实在是手足无措。

可是，不论他怎么拒绝，姑妈都主意已定。她立刻打电话叫来了自己的律师，坚定而决绝地立下了自己的遗嘱。她告诉凯恩，她的很多亲戚觊觎她的这些财产已经很久了，但是，每当她看到他们到来时迫不及待的表情和贪婪的目光，心中就万分不屑。她不愿意让这些不关心她的生活只关心她的财产的所谓亲戚得到这些财产。

老人说："只有你不是为财产而来，你是为了让我快乐而来！"

这件事情被报道以后，轰动了当时的美国。但是，人们在羡慕年轻的律师凯恩的时候，也许没有想到，这笔看似意外得来的巨大财富，其实是一种必然的结果。空荡荡的房子里，只有一个孤独的老人打发着无聊的时日，那些再珍贵的藏品，再豪华的车辆，再阔大的房子，对于她来说又有什么意义呢？她最渴望的，是能够唤起对过去美好生活的回忆，是人性的温暖。而凯恩律师，她的娘家侄子，这个善良的青年，恰恰让她体会到了久违的人性情怀。

友善的力量

当美国前总统布什还是耶鲁大学在校学生的时候，有一次同父亲一起去打高尔夫球。在回来的路上，经过一家加油站，驾驶着越野车的小布什停下车来加油。因为是周末，加油站里除了工作人员以外，还有很多等着加油的司机。

小布什突然意识到什么，他转身问车里的父亲：“假如你要从政的话，是否会从车里走下来，然后同这里的每一个人热情握手？”

老布什想了想回答说：“肯定的，在每一个场合我都会这样做。我会走上前去，同遇到的每一个人握手，向大家致意，向每一个人表达我的友善。”

后来，老布什成为了美国总统，他的成功正是因为他让每一个选民相信，他是一个充满友善的人，一个真诚的人，一个有爱心的人，一个富有人情味儿的人。有许多选民在谈到自己为什么把选票投给老布什的时候，也这样说：“在这个人情冷漠的世界上，每一个人都在竞争，只关心自己，一点儿不顾及别人。而他却能够从车上走下来，向每一个陌生的人打招呼，同你握手，这是多么温暖人心的举动！我们因此而相信，他是一个多么善良的人，一个多么热情的人，一个多么友善的人。我们因此而信赖他，相信他也能够让我们的国家充满友善。”

还不仅仅如此。在老布什身边工作过的人都知道，如果他解除了一个人的工作职务，他会努力让被解职的人成为自己的私人朋友。他会经常邀请他参加晚会，打高尔夫球，并经常写信问候，保持联系。这使得所有想抱怨他的人都消除了怨恨，成为他一生坚定不移的支持者，并且会在所有的场合，向人们讲述老布什的善良和真诚，而自己被他解雇，只是因为各种客观的原因。

老布什把自己的做人原则同样作为自己家庭的处世准则，要求每一个家庭成员都必须这样做。他的儿子，也曾任美国总统的小布什，担任州长的杰布，以及金融巨子尼尔，都因为自己的友善和诚恳被美国人民所称道。美国人总是会这样评价布什家族：“这是一个多么友善的家庭啊！”

许多研究布什家族成功秘密的人得出的结论是相同的：他们只是做了我们任何人都可以轻易做到的事情，他们时刻都充满了友善的情怀，他们利用生活中的任何一个细节，时刻都在向那些普通的人们传达着善良和真诚的信息。

所有的人，不论是成功的人还是普通的人，谁不愿意相信一个友善的人呢？而又有谁，不愿意依靠一个这样的人呢？

小善成就大业

哈佛大学是美国历史最悠久的一流学府。它以为美国培养出了众多的政治家、科学家、企业家、作家以及学者而享有世界声誉。它的高徒包括三十多名诺贝尔奖获得者、二十多名普利策奖获得者和几位总统：美国第二任总统约翰·亚当斯、第六任总统约翰·昆西·亚当斯、第十九任总统拉瑟福德·海斯、第二十六任总统西奥多·罗斯福和第三十五任总统约翰·肯尼迪，以及一批法官、内阁官员和国会领袖。世界首富、微软总裁比尔·盖茨仅仅是它的肄业生。

这所今天世界驰名的大学，坐落于美国马萨诸塞州剑桥，隔查尔斯河与波士顿相望。它创建于1636年，当时名称为剑桥学院。1637年，出生于伦敦的英国青年约翰·哈佛从英国剑桥大学毕业，到这所新建的学院来工作。他虽然只有二十九岁，而且因为患有肺病常常是抱病工作，但是由于工作很积极，得到好评。1638 年 9 月，哈佛的肺病发作，不久就不治身亡。尽管那时的学校只有一名正式教师、一间木板房和一个“校院”，只有几十名学生，但是哈佛十分钟爱自己工作的这个学校，他希望学校能够在未来逐步发展壮大。因此，在自己去世之前，他立下遗嘱，将其全部大约四百本藏书和一半资产（大约七百八十英镑）捐赠给这所学院。这些捐赠，即使是在当时的美国，也是微不足道的。区区四百本藏书，随便哪个家庭都不足为奇；七百八十英镑的资产，对于大多从英国来“淘金”的新美国人来说，也不是什么大数目。但是，哈佛的这些捐赠，或者说，哈佛的这个善举，对于当时的学校来说，意义却是非同寻常的。因为，当时的学校才刚刚成立，政府一年给予的拨款才四百英镑。更重要的是，学校还没有任何知名度，即使学校所在的镇上的居民，有很多人也还不知道这所学校的存在。

哈佛的义举，在当时学校所在地产生了巨大的轰动，既而在学校所在的马萨诸塞州引起很大反响。这不是由于捐赠的数目，而是由于这个善举本身。因为这样的事情，在当时的美国，实在是凤毛麟角。大家都刚刚移民到新大陆来，都在“淘金”创业，还没有什么人会想到要为文化教育事业做一些事情。

当时的州政府和学校敏锐地意识到了这一点。他们想，应该让哈佛的善举化为一种风尚。他们作出了一个让哈佛因为这点微不足道的捐赠，因为自己一个小小的善举，而赢得永世的世界性声誉的决定：把学校的名称由剑桥学院改为哈佛大学！也正是这个决定，使得名不见经传的剑桥学院一举成名！

年轻的哈佛，因为自己小小的善举，成就了自己，更成就了一所大学。他还为以后的美国人提供了一个榜样。也正是从哈佛开始，捐助文化教育事业，成为富裕了的美国人的一种价值观念。

今天的哈佛大学已是一个多学科的综合性世界一流大学，但是，所有的人都知道，它的成功起步于年仅二十九岁的一个叫哈佛的早逝青年一个小小的善举。

恩重如山

我的好友林就要应加州大学的邀请前往做访问学者了。他是我们这些朋友中间唯一获得博士学位的人。我去给他送行。在他宽大的客厅里，我们依依惜别，还认真地听了他的一段叙述。没想到，林这些年来的奋发努力，原来是从一个偶然发生的故事开始的。

他的家乡在偏僻的乡村，那里很穷，能吃饱饭的人家就算是殷实之家了。他家里四口人，奶奶、父母和他。奶奶常年有病，父亲身体也不好，家里只能靠母亲一人。在他八岁那一年，父亲的身体稍稍好了一些，跟着村里人到一个小煤窑去挖煤；不料赶上小煤窑发生坍塌，被砸死了。父亲没有挣到钱，为了埋葬他又借了很多钱，家里的饥荒就更大了。

临近春节了，奶奶躺在床上有气无力，母亲出去一整天卖家里仅有的一垛谷草，没有人买，又拉了回来。这个时候，不要说买肉过年，连第二天吃的也没有着落。八岁的他已经懂事了，看着母亲悲苦的神情，他想到了自己养了一年的两只小白兔。那是父亲活着的时候花一元钱给他买的。父亲说："你要天天割草喂它，它就会生很多很多小白兔，然后把小白兔卖了当学费，就有钱读书了。"这一年多来，他天天割草，风雨无阻，小白兔已长成了大白兔，过了年就能够生小白兔了。

他经常对奶奶和母亲说："我要让它生一院子的小白兔，卖很多的钱，除了上学够用，还要给奶奶治病，买好东西给妈妈吃。"他实在是舍不得卖啊。可是，看着病床上的奶奶和无奈的母亲，他咬了咬牙说："把我的小白兔卖了吧，好买肉给奶奶包饺子。"母亲的泪水刷刷地落下来。她知道那是儿子的全部希望和寄托，可是家里实在没有任何东西可以换钱了，总得让婆婆和儿子吃一顿水饺呀。八岁的他把两只小白兔装进背篓就到集市上去了。他蹲在街口，两只手抓着小白兔的两只耳朵，向过往的行人喊："谁买小白兔！"喊了多少遍、过了多长时间，他记不清了。到了中午时，一个穿制服的人在他面前停了下来，问他为什么卖小白兔，家里的大人为什么让他一个小孩子来卖。他一五一十地全说了，从父亲给他买小白兔，到他养小白兔，还有他的希望和憧憬。

他记得那人听后沉思了很久，而后掏出五元钱，又从上衣口袋里拿出一支钢笔给他说："小白兔不要卖了，还要养着将来上学用，这支钢笔送给你写字。"而后那人帮他把小白兔装进背篓，让他赶快回家去。五元钱对于当时的他家来说是笔大钱，他们过了一个很富裕的年，买了肉，买了白面，还有鱼。第二年春天，他的大白兔一次就生了六只小白兔，兔群的规模一下子到了八只，后来最多的时候到了三十多只。他一年当中卖小白兔能有几十元的收益，足够他上学用的，还能贴补家用。

林博士告诉我，他之所以能读大学，正是这些小白兔的功劳。几十年来，他一直都在寻找那位帮助过他的人，却一直没有找到。他说，他一生接受过很多帮助，而那一次最令他刻骨铭心。他说，也许那个好心人早就忘记了那样一件小事，他也许永远都不知他的那一次举手之劳，对于当时的那个孩子却是恩重如山。我对林说，我们永远也不可能找到那个人了，但我们有更好的办法可以了却心愿——让我们在自己的生活中，经常做这样五元钱和一支钢笔的事情。

林已经远赴加州。我相信林早已把这个美好的故事讲给了他来自世界各地的学生听，而我也一直为这个故事感动着。

孙道荣

安徽人，现居杭州。主任编辑，浙江省作家协会会员，浙江省杂文学会理事，《读者》《青年文摘》《经典》等期刊签约作家。已出版《你有多重要》《约好了春天开花》等个人作品集八部。

帮一个，是一个

他是一个农民。但他一年中的大部分时间，并不在他的十几亩农田里种地。那块土地上长出的庄稼，除了留给他的家人做口粮外，其余的，都他被变卖成盘缠了。

他总是在路上。过去的十六年，他徒步走了十万公里，最长的一次，他一个人在深山戈壁里，走了整整十三天。

他的随身物品中，有一部相机，这就是他的全部家当。二十年前，他花了三百元钱外加三袋麦子，从一位同学手中买回一部国产二手相机。这个当初借以谋生的工具，后来被他用来拍摄另外一群人。

迄今，他拍摄了十万多张照片。照片的主人，都是甘肃、陕西、青海、内蒙古、新疆、西藏、四川以及宁夏等西部贫困地区的贫困失学儿童、他们的亲人以及代课老师的照片，没有一张风景照。如果你从这些照片中也看到了风景的话，那是一幅幅贫穷、荒凉、无助甚至绝望的风景。

他在全国各地进行了几十场展览。他用一根根绳子，将这些照片串在一起，挂在城市的街头，与其说他展览的是他拍摄的一幅幅照片，不如说是一张张极度穷困、极度悲哀、极度绝望的脸，他希望人们记住这些可怜的面孔，并力所能及地给予他们帮助。

他自创了一种爱心资助模式：一对一。如果你被某张照片打动，希望帮助照片背后那个可怜的孩子，那么，他会将有关这个孩子的资料，全部提供给你。通过这种方式，已经有一万三千多名孩子获得资助，重新回到校园。

他是这样算账的：能借宿的，绝不住店；能步行的，绝不乘车。他省下每一分钱，就是为了使自己能够走得更远，拍到更多的孩子。有个北京朋友，曾经请他吃了一顿饭，花了一百四十二元。朋友结账时，他心疼不已，他说："这是西部一个家庭一年的伙食费。"说完，他端起一个盘子，将里面的剩菜，呼噜呼噜全吃掉了。

他叫王搏，他的身份是甘肃天水的一位普通农民。但是，有人说他是摄影师，有人说他是慈善大使，有人说他是志愿者，而他说自己只是个农民志愿者。

通过他的镜头，一万三千多名贫困失学孩子获得了帮助；其中一些孩子的命运，可能从此改变。这是一个多么了不起的数字，可是，相对于他拍摄过的贫穷孩子，这只是其中的一小部分；相对于他所亲眼看到的还没有拍摄过的贫穷孩子，更是沧海一粟。拍得越多，走到的地方越偏远，接触到的贫困孩子和家庭越多，他越觉得自己力不从心。

有人劝他："你不是救世主，那么多因为疾病、穷困而失学的孩子，你帮得了吗？"

他说了一个故事。大海边，每次海水退潮时，都会有很多小鱼被搁浅在沙滩上，烈日很快就会将它们烤焦。有位住在海边的老人，总是跟在潮水的后面，将一条条搁浅的小鱼，捡起来，扔回大海。有人劝他："你这样能救活几条鱼，更多的小鱼，没等到你去救它们，就早已死了。"可是，老人说："捡一条，是一条。"

王搏说，和那位老人一样，我也是"帮一个，是一个"。

电影《一个都不能少》曾经感动了无数人。“一个都不能少”，那是一个理想的状态，可是，有多少孩子，正在失学；有多少穷困的家庭，仍然挣扎在苦难的边缘。和王搏一样，我们大多是普通人，靠辛苦所得养活自己和家人。我们的能力有限，我们不是救世主，但是，以我们微薄之力，却可能改变一个人的一生。

你帮助了一个孩子，就少了一张愁苦的脸；你帮助了一个孩子，这个世界，就多了一张笑脸，多了一份温暖、一份希望。

多一句话

从医学院一毕业，他就进了父亲的诊所，成了和父亲一样的乡村医生。

父亲的诊所，方圆十里八乡都很有名，每天就诊的人，排成长队，也没几个人愿意到几步之遥的卫生院去看。医药费便宜，是它最大的特色。在市医院看一次腹泻，得百十元；而到父亲的诊所看，十几元就药到病除。从他进诊所的第一天开始，父亲就谆谆告诫他，诊所是为乡邻们开的，不以盈利为目的，在任何情况下，都不能开大处方。他将父亲的话牢记在心。

他进诊所，是被看作来接父亲的班的——父亲年龄渐大，一天看几十个病号，已经吃不消了。而他本可以像他的同学一样，选择进大医院，薪水一点儿也不比在这诊所所得低。父亲是当年被打成右派，从城里的大医院下放到这里的。在他们家最困难的时候，得到了淳朴的乡亲们的照顾和庇护，所以，后来父亲获得平反后，坚决地放弃了回城的机会，在乡里扎了根。他对那段艰苦的生活，也有印象。正是出于同样的感恩之心，他也选择了回乡，并成了父亲得力的帮手。

诊所只看一些普通的病症，诸如感冒、腹泻及一般的炎症之类。如果病情复杂，他们会立即建议病人上大医院诊治，以免延误。对他来说，这可谓小菜一碟。读大学时，他就成绩优异，兼之每年寒暑假都能在父亲的诊所里实习，可以说，他的医术已经一点儿也不比父亲差。而他看过的病人，也确实都能很快痊愈。然而，奇怪的是，来看病的人，大多仍然会选择让父亲看。有时候，看到对面父亲的诊室前排着长队，而自己门前病人稀稀落落，他会涌起一股莫名的失落感。

老父亲似乎也注意到了这个现象，他查看了儿子的门诊记录：没开过大处方，药方也都是正确的；儿子给病人看病时问诊周到，热情友善，也没毛病啊。不过，在连续留意几天后，老父亲还是发现了问题。他决定让儿子陪自己门诊几天。

他坐在父亲身边，观摩父亲诊治。对待每一个病人，父亲都详细问诊，把脉，察看舌苔，摸腹，然后，给病人开处方。他特别留意了父亲所用的药，与他的判断几乎一致；根据病人的病情，他也会开出这个药方的。一切似乎与自己的诊治都没有什么差别啊。

老父亲也不着急，和平时一样，只顾自己一个接一个给病人看病。一个姑娘，陪着一位老人来看病——肠胃不舒服。老父亲仔细问诊并做了检查后，确诊是消化不良。开好药，老父亲对老人说："老哥，我刚刚检查了你的咽喉，你还有慢性咽炎啊。"老人连连点头："是啊是啊，难怪经常感到喉咙不舒服，你也给开点儿药吧。"老父亲摇摇头："慢性咽炎重在保养。你一定抽烟吧？听我一句话，把烟戒了。烟不戒，吃什么药，你的咽炎也好不了，会反复发作的。"默默地站在一边的姑娘忽然激动地插嘴说："爷爷，你听见了吧，医生都让你戒烟，我们怎么说你就是不信。"老人看看姑娘，又看看医生，憨憨地说："是得戒了，戒了。"姑娘搀扶着老人站起来，笑着对老父亲说："医生，谢谢你，你的话他听。"

看着这一幕，他的心猛地一震：自己每次看病，都是开完了处方，就急着看下一个病人，根本没时间再和病人交流，而老父亲似乎总会比自己多说那么一两句话。这一发现让他惊喜不已，他继续坐在父亲身边，观摩父亲看病。下一个病人牙痛，老父亲检查后，确定是牙周炎。老父亲开好药，问病人是不是喜欢吃咸货，病人直点头："最喜欢吃腊肉和咸菜了，每年冬天，家里都会腌很多咸货，一直要吃到夏天呢。"语气里透着满足和自豪。老父亲摇着头说："咸货开胃，但吃多了，有害健康，还是少吃点儿吧。"病人捂着腮帮子，点点头："电视上也这么说呢，听你的，今年就少腌点儿咸货。"

几天的陪诊结束了，儿子回到了自己的诊室。一位年轻妈妈领着孩子走了进来——孩子肚子疼。化验单显示，孩子肚子内有蛔虫。他很快就开好了药方，递给孩子妈妈。然后，他拉过孩子的手，看了看他的指甲，笑着对他说："你看看，你的小手指甲太长了，里面藏着好多小虫呢，一不留神就跑进了你的肚子里。记得要多洗手，常让妈妈剪指甲哦。”男孩儿腼腆地低下了头，妈妈弯下腰对孩子说：“听到了吧，医生叔叔的话，是不是跟妈妈讲的一样？”男孩儿看看他，又看看妈妈，点了点头。

他微笑地目送年轻妈妈拉着孩子的手离开，他的心里暖暖的。这时，又一个病人走了进来……

夹在车窗上的纸条

“嘀——嘀——”楼下传来持续的汽车喇叭声。

又一个早晨，在吵闹中惊醒。起身，伸头看看窗外，楼下逼仄的过道上，密密麻麻停着一排车；靠近路口的地方，一辆车斜停着，将整个道路堵死了。一辆看样子准备驶出的小车，被卡在了路口。驾驶员一边摁着喇叭，一边从车窗里探出头来向上四处张望。

果然又是被堵牢了……

几乎每个早晨，都是在这种嘈杂声中，拉开一天的序幕。

小区里车满为患，经常看到一辆辆私家车，像无头苍蝇一样，在小区里乱转，希望能找到一个缝隙塞进去。

车多，矛盾也多，诸如刮擦啊、抢道啊、乱停乱放啊等等。当然，最大的矛盾，还是居民不断增长的汽车拥有量和小区有限的停车位之间的矛盾。

矛盾集中在一早一晚。晚上，大家都下班了，像小鸟一样飞回小区来了；可飞回来的小鸟却找不着巢——没停车位啊。于是，人们你追我赶，你拥我堵，常常为了争一个停车位，互不相让，甚至大打出手，低头不见抬头见的邻里关系，被日趋紧张的停车位给整得荡然无存。有的人回来晚了，只好将车停在小区外的道路上，再步行几百米回家。

也有横的。半夜回来，一看，没车位啦？那就停哪算哪，反正第二天就开走。可这一停不要紧，小区里面的车全让它堵住了，出不来。于是，大清早，小区经常在一阵阵骚乱中被惊醒。急着送小孩儿上学的，忙着上班的，赶着去车站接人的，全围在那辆蛮横地堵住了他们出路的小车前，踢车轮，拍打引擎盖，大声叫喊，拼命摁自己的车喇叭；还有的急得团团转，骂娘，打电话给社区管理部门……混乱的早晨，就这样夹杂着急促的喇叭声、刺耳的警报器声、愤怒的叫喊声、气急败坏的拍打声，演奏出一首难听的交响曲。

车位之争，成了小区的老大难问题。

那天，我一早要用车。来到自己的车旁，发现后面有一辆车将路给堵死了，进退两难。我又急又气，围着那辆车乱转。忽然无意中发现，在车的后挡风玻璃里，贴着一张小纸条。凑过去一看，乐了，上面写着："如果挡您道了，十分抱歉！需要移车，请致电 139××××××××"还画了一张卡通笑脸。我连忙拨通那个电话，对方语言混沌，显然还没睡醒，但一听是挡了道了，连声道歉，而且很快就赶来了，将车开到一边，腾出了道。

幸亏这张小纸条，否则，我非被急疯了不可。

此后，我也在自己的车上贴了个条，留下了我的电话号码。

很快，我发现，小区里的很多车辆，都在车后的玻璃上贴了一张小纸条，写着一串号码。偶有堵车状况，按照纸条上的号码，一个电话就能找到车主。

一张小小的纸条，解决了不少难题，化解了很多矛盾。

朋友老罗跟我讲了另一个纸条的故事。那天早晨，老罗刚上车，忽然发现刮雨器上夹着一张纸条。老罗的心一惊，以为是罚单。下车，拿起来一看，是一张便条："对不起，昨夜停车时不小心刮了你的车，请与我联系，我的电话……"老罗绕着车转了一圈，右后侧是有一点点不太明显的擦痕。老罗感叹说，自己的车，经常会莫名其妙地多出一些擦痕。真没想到，还会有人主动"送上门来"。

老罗告诉我，那天，他还是按照那个号码打了电话。他不是要对方赔偿，但他一定要告诉那个人："谢谢你留下的那张纸条。"

有时候，一张纸条，予人方便；有时候，一张纸条，带给人温暖。

搓搓你的手

一家医院，请病人为医生打分，看看谁是病人心目中的好医生。

这家医院的医务力量很雄厚，仅副主任医师以上的专家就有一百多位，不少医生都是学科带头人或某方面的专家，有响当当的名声。很多病人就是冲着某个医生，才慕名赶到这家医院就诊的。有的病人，为了能让某个医生为自己看病，宁愿忍着病痛，耐心等待，直到挂上他的号。

大家都认为，这将是一场专家之间的角逐：虽然医院设计了若干个小项目，请病人逐一打分，但是，谁是医学权威，谁最值得信赖，显而易见。治病，对病人特别是重症病人来说，那可是性命攸关的大事，还有什么比医到病除更重要的吗？

评选结果却出乎人们的意料，一位名不见经传的普通外科医生，竟然得分最高，成为人们心目中最好的医生。对此我并不奇怪。

我看过他的门诊。

那是去年冬天，因为颈椎病，我去医院诊治。专家门诊的号早已经挂完了，我挂了个普通门诊号。

很多病人在排队。

好不容易排到我了。是个中年医生，问我哪里不舒服。我告诉他："颈椎难受，可能是颈椎病犯了吧。"他站起来，说："我先按按，检查一下。"说完，他走到我身后。我伸长脖子，等待一只冰凉的手——每次到医院检查，都不得不被医生冰凉的手，伸到脖子里乱按一气。虽然这令我紧张，感觉不舒服，但和所有的病人一样，我已经习惯了。可这一次，奇怪，怎么没有动静？回头一看，中年医生正在搓手——两只手合在一起，不停地来回搓动。见我回头看他，医生笑着解释说："我的手凉，先搓一下，这样热乎一点儿。"

为了我这个颈椎，我看过很多医生，找过不少专家，他是第一个在检查前搓手的医生。他的这个细小的动作，让我感动。他的双手按在我的脖子上，暖暖的。他也让我的心，感到一股暖流。我记下了他的名字。

据说，很多投他票的病人，都提到了另一个细节：每次为病人听诊前，他都会用双手捂住听筒，直到将听筒焐热，才将听筒伸到病人的胸前，进行检查。

搓搓手，焐焐听筒，这些细微的动作，温暖了一个个病人。这些细节，似乎与治病无关，与医术无关，甚至与一名医生的职业道德无关。但是，它们却是一股股暖流，使我们原本虚弱的身体和心灵，得到呵护和抚慰。

给婴儿喂食时，一个再粗心的妈妈，也会先将勺子送到自己的唇边，感受一下温度，适宜了，才会喂孩子。不让自己的孩子凉着，也不让自己的孩子烫着，这就是母爱。

搓搓你的手吧，当你用你的手去握别人的手时，当你用你的手去抚摩爱人的脸时，当你用你的手为病人检查身体时……将手搓热，你伸出去的，就是一股涓涓暖流。

人生的第一个约定

那一刻，她惊呆了！

站在幼儿园门口，她看见自己三岁的女儿，正被一个比女儿略高的男孩儿，左右开弓地扇着耳光。她本能地用目光寻找老师，发现老师正在背对着他们整理东西——她显然没看见这一切。

她怒不可遏地冲进了教室。

冲到女儿和男孩儿面前，她扬起了自己的右臂，手掌愤怒地张成扇形，向着男孩儿，抡了过去。

女儿看见了她，带着哭腔喊了她一声："妈妈！"

男孩儿惊愕地瞪大了眼睛，他的两只小手掌，僵硬地停在空中。

"啪！"女儿桌上的一个玩具掉在了地上。女儿又喊了她一声："妈妈！"

她的手掌，在离男孩儿的脸三厘米的地方停了下来。平静了一下，她将手掌反转过来，搭在了男孩儿的肩上，另一只手抚摩着女儿的头。

她蹲下身，眼睛盯着男孩儿。男孩儿迟疑地往后退缩。她指指女儿，对男孩儿说："我是她的妈妈。"

男孩儿恐惧地看着她。

她问男孩儿："几岁了？"男孩儿怯怯地告诉她："四岁了。"她对他说："那么，你是哥哥。哥哥怎么能够打妹妹呢？"

男孩儿不好意思地低下了头。

她又问他："哥哥应该怎样对待妹妹？"

男孩儿想了想，轻轻地说："保护妹妹。像爸爸保护妈妈一样。"

女儿噗嗤一声笑了："没羞。"她也笑了："对，像个男子汉一样。可是，你今天却打了妹妹。"

男孩儿重重地低下头："我错了。"

"那你今后还会打妹妹吗？"她问男孩儿。

男孩儿抬起头，坚定地摇了摇。

她伸出右手的小拇指："那我们拉钩。"

男孩儿好奇地看着她，犹疑地伸出了手，看着自己的五个手指，不知道该怎么做。她看出来了，男孩儿从没有与人拉过手指。她告诉他，用小拇指拉钩。

男孩儿弯起小拇指，和她的小拇指，钩在了一起。男孩儿的脸，激动得通红。

她对男孩儿说："拉得越紧，越要做到。"男孩儿抿着嘴唇，手指用力地紧紧钩住她的手指。

女儿也好奇地伸出小拇指，和他们的手指，钩在了一起……

这是发生在一个朋友身上的真实故事。这个朋友，就是那位男孩儿。如今，他自己也做了爸爸。每天送孩子上幼儿园，他还会时不时想起那一幕。这是整个幼儿园阶段，他唯一清晰记得的一幕。后来，他和那个女孩儿，成了小学同学，又上了同一所中学，直到高中之后才分开，上了不同的大学。他说，很感谢那位女同学的母亲。当她愤怒地冲到他面前的时候，他吓坏了，以为一定要挨一顿饱揍。他绝没有想到，她不但没有打他，还和他拉钩，那是他第一次与人拉钩。那一钩，是他人生的第一个约定；这个约定，他坚守至今。从那之后，他就像保护自己的妹妹一样，处处保护着那个小女孩儿。他也再没有欺侮过任何其他同学，特别是女同学。

我特别钦佩那位母亲，她成功地化解了一次孩子间的纠纷，并且，将她的大爱，像一颗种子一样，埋在了另一个孩子的心中。

拴在门上的黄丝带

起床后，他习惯性地先打开自家的大门，看看对门。对门的大门上，贴着一个大大的“福”字，早晨的阳光斜射下来，正好落在那“福”字上，散发出熠熠红光。往下看，门把手上，什么也没有。他揉揉眼睛，确认什么也没有。他嘟囔了一句什么，然后，放心地关上门，去刷牙洗脸，张罗早饭。

这是他和对门张大妈的一个约定：张大妈是一个独居老人，每天晚上临睡前，张大妈都会将一根黄丝带拴在门把手上，第二天早晨再解下来。而每天早晨，他做的第一件事情就是，打开门看看，如果对门的门上没拴着黄丝带的话，那表示张大妈已经起床，一切安然无恙；如果黄丝带还在门上的话，那说明张大妈还没起床，也许是生病了，也许是遇到了什么意外情况，那他就赶紧去敲敲门。

这个约定，已经持续了一年多。

那时候，他们一家刚搬来不久。对门的门一直关着，敲了几次门，想认识一下新邻居，可是，每次里面都会响起一阵窸窸窣窣的脚步声，走到门口，停下了，门却并没有打开。过了一会儿，脚步声又窸窸窣窣地走开。他知道门里面的人，一定是通过猫眼看到了他，却不想给他开门。邻居没给他认识的机会。后来留意了一下，对门只住着一个老太太，除了买买菜，平时很少出门。

那天，走出家门，忽然闻到一股怪怪的味道。一看，是从过道的一个垃圾袋里散发出来的。他们家的垃圾袋，都是他直接扔到楼下的垃圾桶里的。他看看对门紧闭的门，明白了：这个垃圾袋，一定是她家的。犹豫了一下，他弯腰将垃圾袋拎了起来，带到楼下，扔进了垃圾桶。

第二天，楼道里又出现了一个垃圾袋。他又弯腰将垃圾袋拎起来，带下楼，扔进垃圾桶。

第三天，同样的位置，又出现了一个垃圾袋。正在他弯腰拎垃圾袋的时候，对门的门“吱呀”一声打开了，老太太扶着门框，探身对他说：“年轻人，这两天我腿脚不好，垃圾袋没扔下去，麻烦你了。”他笑笑：“举手之劳，没什么的。”她露出干瘪的嘴唇，笑着冲他挥挥手。他对她说：“您老年纪大了，这样吧，今后每天您就将垃圾袋放在这里，我顺便带下去。”她连连摆手：“那怎么好意思呢。”他说：“如果我奶奶还在世的话，该跟您差不多大呢，您就当我是您孙子吧。为您做这点儿事，还不是应该的吗？”

于是，他和她有了一个约定，每天早晨，他下楼去上班的时候，顺便将她放在楼道里的垃圾袋，捎带下去。日复一日。偶尔一两次，出门的时候，楼道地面上空荡荡的，没有垃圾袋，他的心就会一紧，赶快去敲敲门，看看老太太有没有什么问题。他骤然发现，放在楼道里的垃圾袋，已经成了某种约定，每天只有看到垃圾袋，那表示老太太生活如常、一切安然，他才放心。

那天晚上，他和妻子一起，敲开了对门的门。他想出了一个更好的办法。他将自己做志愿者时获得的一根黄丝带，送给了老太太，让她每天晚上系在门把手上，第二天早晨再解下来。他和老太太约定，如果早上黄丝带还系在门上，那就表示老太太出了状况，需要帮助，那他就来敲门……

不久，社区获悉了这一情况，把这一做法在整个小区推广，全社区近百名七十岁以上独居老人，都得到了这样一条黄丝带。当夜幕降临，有一些特别的门把手上，就会系上这样一条醒目的黄丝带；而第二天一早，它们又会被轻轻摘下。

如果，如果早晨某一个门把手上的黄丝带没有摘下来，第一个发现它的人，就会及时敲响房门。“咚咚”的敲门声，在楼道里回荡，急促，温暖，那是一声声关切的问候。

温暖的怀抱

他每天都要接受无数次拥抱——起床之后从床移到椅子上，从寝室到教室，从教室到食堂，上厕所……他的每一次行动，都是被别人抱着进行的。

三岁那年，他被确诊为先天性脆骨病：他身上的每一块骨头，都像瓷器一样易碎，像稻草一样易折，从此，他再也没能下过地自己行走。他的每一个动作，都倚靠别人帮助来完成；而因为骨头太脆弱，别人既不能背，也不能抬，只能用双手轻轻地环抱在怀中。

他是在妈妈的怀抱中长大的。爸爸在外面打工养家，他的生活全靠母亲照顾。每天，母亲抱着他洗脸，抱着他上厕所，抱着他洗澡，抱着他出门晒太阳，抱着他一次次上医院；后来，又每天抱着他去学校，等到放学时再赶到学校抱他回家。

他考上了离家很远的一所职高，按照规定，学生都要住校，而他这样一个生活难以自理的学生，该怎么办呢？班上的十三名男生，从妈妈的怀抱里，将他接了过去。

可是，被妈妈抱惯了的他，却怎么也不习惯被与自己同龄的伙伴抱，他感到难为情；同时，也担心同学们根本抱不动他。虽然因为身体畸形，他只有六七十斤重，但对于刚上高中的同学们来说，这还是显得有点儿沉重。

男同学们热情地向他张开了怀抱。

最壮实的几个男生，和他住在了同一个寝室，以帮助他的起居。他们抱他上下床，抱他坐到自习桌前，抱他洗脸洗脚，抱他上厕所，抱他去教室。

教室里，他的座位，前后左右都是男生，这样，只要他有事，任何一个男同学都可以就近抱起他。下课了，他们抱他去上厕所。外面阳光朗照，他们抱着他去走廊上晒晒太阳。上体育课，他们也不忘记他，将他抱到体育场。他无法上体育课，就坐在一边，为同学们呐喊加油。吃饭的时候，他们抱他去食堂，而女同学会帮他排队打好饭菜。下雨的时候，他们抱着他从教室到寝室，或者从寝室到教室，旁边会撑着好几把伞。

有时候，班级集体外出活动，那就是一场拥抱接力——一个男孩儿抱一段路，另一个男孩儿再抱一段路。他的路，不在脚下，而是由每一个男生的怀抱连接起来的。

他上学迟，比同学的年龄都大；同学们喊他哥。他们都是他的兄弟。

高考成绩出来了，他们考得都很好。填志愿的时候，有好几位男生表示，将和他填报同一所学校，他们希望能继续在一起。

他们的事情，被媒体获悉。记者采访的时候，他笑得无比灿烂。脆弱不堪的骨头，佝偻变形的躯体，疾病带来的痛楚，困顿窘迫的家庭……这些他都只字未提。他一遍遍提及他的十三位兄弟的胸膛，和他们并不结实却宽厚的怀抱。他说："每天我都能获得几十个温暖的拥抱，还有比这更幸福的事情吗？"

有人走了过来，向他张开双臂。他的笑容，无比灿烂，无比满足。

杨福成

1973年5月生于山东宁阳，1996年毕业于山东艺术学院，2013年结业于中国艺术研究院中国书法院。现为《读者》《格言》《百花园》签约作家，《齐鲁晚报》专栏作家，作品曾入选中考试卷、高中语文必修教材等。

不为回报只为花香

十多年前，我的朋友赵时良在建筑工地当小工。

因为他有文化，又聪明，很受老板赏识，小工干了没多久，他就被提拔为记工员。记工员不用出苦力，工资还不少拿，让人羡慕。

与赵时良在同一个工地的，还有一个小工，待遇就大不一样了。他身体弱小，干啥都不行，不受人待见；老板也给他“穿小鞋”，安排他用小车推砖。推砖是个壮劳力活儿，他弱小无力，怎么能承受得了？

赵时良看不过去，就每天偷偷地帮这位弱小无力的小工推半天砖。其实，赵时良的身体也不是多么强壮，同样是属于弱小型的。

后来，赵时良离开建筑队，从事防水工程。自此，他们失去了联系。

十多年后的一天，赵时良正在公司忙着，一位在他们当地很有实力的建筑承包商找到了他，问：“你是不是叫赵时良？”

赵时良仔细地看了看这位建筑承包商，不认识，就说：“我是叫赵时良。”

得到赵时良肯定的回答后，那位建筑承包商说：“我有一项防水工程，你来做吧。”

这项工程很大，赵时良不敢相信这么大的一个“比萨饼”会落在自己的头上。不仅如此，这位建筑承包商之后的所有防水工程都承包给了赵时良。

这位建筑承包商，就是当年那位被帮助过的小工。

现在，很多人看到赵时良“沾”了建筑承包商的光，都说他“有眼光”，而当年，赵时良只是想尽力帮一下那个弱小的小工，却从没有想到过要什么回报。他的这种行为，体现的是人类心底本真的善良。

真善是没有“眼光”的。让我们像赵时良一样去无私地帮助那些“弱小”的人吧，不为什么回报，只为能看到花开，闻到花香。

最给力的慈善

我朋友郭继磊是一家高校的膳食主管，他随和可亲，对员工体贴入微。

去年，一位漂亮的小姑娘到他单位打工。通过一段时间的观察，郭继磊发现这个小姑娘干活干净利落，并且勤奋好学，于是就把她叫到了办公室，问她这么年轻，为什么没有上学。

这位小姑娘说：“上学了，刚刚高中毕业，因为考得不好，就出来打工了。”

郭继磊问她：“考了多少分？”

她说："335 分。"

"335 分可以上专科啊，你为什么不上呢？"郭继磊问她。

她说："不会吧？现在早已经录取完了。"

郭继磊告诉她："今天报纸上刚刚登出补录的消息，从 210 分起就可以报名，你马上走，赶快回学校去报名。"

小姑娘听说还有上学的希望，赶紧收拾了衣被，回学校去报名了。

年前，郭继磊收到了一条短信："郭叔叔，谢谢您！是您改变了我的命运……"

"谁发的？不认识这人啊。"后来，郭继磊才忽然想起是到他这儿打工的那个小姑娘。现在，她已经是个大学生了。

今年春节过后，在餐厅服务的一个小姑娘引起了郭继磊的注意，因为她的年龄，明显要比别的服务员小得多。

"你应当是高中都没有毕业吧？"郭继磊问她。

小姑娘说："是，正上高三。"

"正上高三你怎么跑这儿来打工了，难道不准备参加高考了吗？"郭继磊责备她。

"我爸爸妈妈说小姑娘家上大学没用，不让我参加高考了。我的学习成绩也不好，所以就来打工了。"小姑娘说。

"不行，马上让你爸爸妈妈到我这儿来一趟，我劝说他们，你必须马上回去上学。"郭继磊说。

到了下午，小姑娘把她的爸爸妈妈都叫来了。

小姑娘的爸爸妈妈是做水果生意的，都穿得破破烂烂；她爸爸脏兮兮的棉裤腿上还撕开了一个长口子，露着棉花。

经过郭继磊的一番劝说，小姑娘的爸爸妈妈终于同意让她回校学习。

可是，因为小姑娘早在年前就退学了，学校已经销掉了她的档案，她回不去了。郭继磊又赶快托人，做通了学校的工作，让小姑娘重新坐到了教室里。

因为这个机会来之不易，小姑娘倍加珍惜，学习十分刻苦，成绩大有进步。今年 6 月，小姑娘就要参加高考了，她说她会争取考个好成绩，绝不辜负郭叔叔对她的期望。

两个女孩儿的命运，因他而改变。郭继磊说："现在服务员很难招，我这儿也十分缺少像她们这样优秀的服务员，但绝对不能因此而耽误了她们的好前程。她们还有上学的机会，可以有更好的出路，不能待在我这儿。如果在我这儿再干上几个月，甚至几天，她们上大学的机会就没有了，她们的命运就很难再改变了。"

我的朋友郭继磊，他虽然平平凡凡，做的事微不足道，但他的这种善行，却让人一生都受益不尽。这，才是最给力的慈善。

透明的红苹果

下班时间，公交车上特别拥挤。

这时，一个穿着破棉袄，套着黄军裤，脚蹬破球鞋，上上下下全是白色乳胶漆的农民工挤过人群，从前门径直走到车厢的最后面，一屁股坐在台阶上，也不顾脏。

车到站，有人下，他的前面有了空座，可还没等他反应过来，一个中年妇女就以迅雷不及掩耳之势，抢先坐到了座位上。

农民工看见，憨厚地笑了笑，然后，他从破棉袄的口袋里掏出一个红红的苹果。一定是从家里带来时没洗，他使劲地用那满是老茧的双手搓了搓苹果的表皮，就“咔嚓咔嚓”地大口吃了起来。

“你干什么，我先站这儿的！”

“你先站这儿的就是你的座吗？谁规定的先到就先坐啊？”

“你赶快把座让给我！”

“我不让咋的？”

“不让我就揍你！”

“你试试，我还想揍人呢！”

……

有人因为抢座要打架了。

又一站到了，有人下，农民工的左边空出了一个座位，他占据了天时地利，只要一挪屁股就可以坐上去。可他没有去坐，他看到了前面有一个妇女站着。

“来，你来坐！”他打着手势招呼前面的那位妇女。

前面的那位妇女看了看他的“座位”（台阶），不好意思地说：“别，我不坐，还是你坐吧，你也累一天了！”

“来吧你，我累啥，我坐这儿就挺好！你快来坐吧！”他大声地吆喝着说，样子很凶，可让人感觉特别真诚。

拗不过他，那位妇女只好去坐了。

他望着窗外，一边憨憨地笑着，一边大口大口地吃他手中的那个红苹果。他手中的苹果渐渐地小了，可我感觉，萦绕在他身前的那片红润，却是越来越大，透着明，泛着亮，就像他透明的心灵，那么干净剔透……

下了车，我向他挥手致敬；他或许是没有发觉，低着头匆匆地走了。

看着他远去的背影，我恍惚间发现，满大街都是透明的红苹果。

一路开花

本名李兴海，云南宣威人，《读者》《青年文摘》等期刊签约作家，《语文报》《疯狂阅读》等媒体专栏作家。有多篇文章被选为中考、高考语文阅读试题。已出版《你若安好》《原谅我不懂你的心》《总有些青春要辜负》等十五部作品，主编图书百余本。

一把伞的温暖

混乱的暴雪忽然掩盖了北京的喧嚣。我躲在温热的窗内，铭记这一刻窗外的宁静。

远处施工楼盘的升降机惊扰了我的清梦。那些在大楼上慢慢蠕动的工人，像一根根坚实的火柴，用微弱的光，照亮了这座城市。

楼下新开了一家快餐店，八元一份自助餐，这是我在北京见过的最便宜的快餐店。很快，许多为经济所迫的外乡人“流”进了这个陌生的餐馆。

我时常能看到一帮衣衫泥泞的汉子说笑着朝我所在的楼房走来。他们吃饭的样子偶尔让人感到心疼。他们兴许也觉得自己吃得太多，不大好意思，到后来起身时，也只是悄悄地舀饭，不再加菜。

老板是个微胖的中年女人，圆脸大眼，看起来平易近人。她从来不会因为这些工人的饭量而黑脸皱眉。身在异乡的工人们都打心眼儿里感激她，暴雪盖天，仍不顾风寒，走一段艰难的路来这儿吃饭。

餐馆店面太小，最多容纳不过二十人。工人们向来都是坐在店铺对面的空地上吃饭，他们尽可能地腾出位置，希望能给这位善良的老板留住新来的顾客。

暴雪当天，女人扛来了一把大红伞。饭前，工人们从工地上抱来了工具，将伞焊在了露天的餐桌中央。女人去附近的商店买了包烟，每人发了一支。工人们笑了，坐在红色的大伞下，喝酒聊天。

第二天中饭时，狂风吹断了伞骨，飞扬的白雪迅速激怒了新来的客人。女人一面抹着油手从店铺里赶出来，一面弯着笑脸道歉。

几个老实的工人搁下碗筷，转身去了楼盘工地。白雪依旧飘洒，他们来去需要约摸半个时辰。

客人不断涌入餐馆，此刻正是吃饭的时间。店里的工人不停叫喊——缺了老板，显然忙不过来。可老板不能脱身。她此刻正紧紧地稳着那把摇摇欲坠的大伞。不到片刻，女人的额头上渗出了细密的汗珠——在狂风中举伞可比打菜累多了。

旁边两个吃完饭的工人说：“大姐，我来吧，你进去打菜。”女人尴尬地笑笑，说了声“谢谢”。新来的客人很快找到了座位，他们对工人的举动很是不解。

一位外套稍微洁净的工人说：“让我来吧，我衣服干净些。”举伞的工人互相看了看各自的衣服，笑了。他们迅速退开，将这个艰巨的任务交给了这位衣衫最为整洁的工人。

顾客一面吃饭，一面抬头打量这位肤色黝黑的工人。工人虽然一直无奈地低着头，却始终不愿松开双手。他像一个站岗的哨兵，紧握着手里的钢枪。

赶去楼盘的工人们很快回到了餐馆。此刻安坐伞下的顾客们，终于明白发生了什么事。他们端起自己的碗筷，自觉退到了大楼的屋檐下躲雪。

轰隆隆的机器轰鸣声震动了寂寥的冬天。我坐在窗内，目不转睛地盯着那把被放倒的红伞。

这把脆弱的大伞，为忙碌在冰天雪地里的人们撑起了一片短暂的温暖。

敬畏每种职业

小镇没有小镇该有的东西，譬如公交车。

小镇里的人向往城市，他们把去遥远的城市旅行当作一种荣耀。归来之时，有意无意地对左邻右舍说起，惹得一片惊羡。

当浓烟滚滚的破旧汽车驶入安静的小镇，所有在田间劳作的人都顺声抬头，远远望去。他们几乎是在同一时间欢呼高喊。他们知道，小镇政府前五年所构想的要在此地设几个公交车站点的方案，已经实现了。

他们奔走相告：往后，可以乘这辆不知何名的车去最近的城市了。他们可以看没有尽头的马路，无法用肉眼丈量的大厦，还有，如田野绿草一般绵延的车水马龙。

他们不知道，这不是公交车。只是私人承办，在利益的驱使下，自作主张要在小镇与城市间往返的旧车。

它没有固定的到站时间。有时，凌晨便轰隆隆地越过田野，有时，午后都不曾见到它的影子。它的主要乘客不是小镇的穷人，而是那些向往到小镇上一览野外风光的有钱人。小镇的人不管这些，对于他们来说，他们在乎的只是车与城市。

几年以后，驶入小镇的汽车越来越多了。小镇不再沸腾，不再欣喜。因为他们几乎都知道，进城市里打工一年，比他们辛苦耕种几年赚的钱还多。于是，这些轰鸣的汽车就这样把那些孩子的爹、愁妇的夫载到那个陌生的、他们曾无比向往的城市里去了。

小镇只有一条路，弯弯曲曲地伸向远方。汽车不会飞驰到路的尽头，往往开到一半就停下来，调头走了。

那些聪明的，因身体稍有不便而安于家中的男人们就进城花钱买了一批二手摩托车。他们像一群没有脑袋的苍蝇，静待于烈日风雨下，远望着黄沙漫天的小路。

汽车缓缓地从远方驶来，他们争先恐后地发动引擎，等车从旁边一晃而过，便紧随其后。车子停了。他们急切地涌向车门，问那些从城市里来，或是回小镇的人："要不要搭车？"

他们的生意不错，和那些进城打工的男人们的收入相差无几。但小镇上的愁妇们不会这么认为，她们不断教育自己的孩子："如果你不好好读书，你就只能和那帮骑摩托车的男人一样，永远待在这个穷地方！"

进城的男人是光荣的，他们看过了无数旁人不曾看过的繁华。这是让小镇上的愁妇们引以为傲的。淳朴的孩子们起初不这么想，可时日一长，大抵也这么认为了。

她们不会搭那些无用男人的摩托车，即便要走上很远的路，她们也不情愿搭。或许真如她们所说："就算倒贴钱给老娘，老娘都不会坐！"

骑摩托车的男人开始少了一些。大概他们觉得这个工作太苦，太无趣；更或者，他们知道了自己在小镇上的地位。

小镇上的孩子大都同一时间参加高考，考点在最近的城市。他们的父亲不能来看他们，一切都得愁妇们做主。

愁妇们想，反正是第二天早上八点半，那么多公交车，总有一辆会早早越过田野，驶进这里的。那时，她们就能塞给孩子自备的早餐和唠叨，安心看着他们奔赴考场了。

可事情并不如她们想象的那样。她们捏着已备好的早餐，重复了无数遍前夜想好的话，还是没有看见有任何影子从路的那头忽然显现。

她们攥紧了双手，一边来回踱步，朝远方眺望，一边安慰自己的孩子：不要着急，车子马上就来。

清晨六点到七点十分，七十分钟的等待，尽数将她们最后的防线摧毁。

忽然，一位先前无比镇定的母亲，忽然失声痛哭起来。她的丈夫在城市的陌生角落，辛苦供养孩子寒窗十余年，就为这一刻。可如今，就算是车来，也怕是赶不及了。

所有人在这一声破空的号啕声中猛然惊醒。她们似乎都已知晓，孩子的前途、自己的希望，将在这个阳光明媚的清晨随风而去了。

正当她们惊慌失措之时，一个面容消瘦、腿脚稍有不便的男人骑着摩托车赶了过来。他对着田野那头大喊几声后，轰鸣声瞬时震动了静谧的稻穗。

几十张微笑的脸，几十辆陈旧的摩托车从田野的那头急速飞驰而来。他们二话不说，一人怀抱一个孩子上车。愁妇们还未全然反应过来，他们早已消失在黄沙滚滚的小路尽头。

那个清晨，没有一个孩子因迟到而被阻于考场之外。相反，在他们的生命海洋里，涌动着一股无比强烈的波澜。

多年之后，这些孩子里，或许没有一人会成为伟人，改变世界；但至少他们有了毫不悔憾的人生，并已懂得，这不断变迁的尘世中，没有任何一种职业称为卑贱。

一生的温暖

西部志愿者还没来的时候，一直都是我带这个班。

教室在山洼里。雨天积水，冷天风大。村里没钱，不可能新建学校，只能自己想办法。

为了防寒，教室只留了东面的一扇窗户。他就是窗户下的孩子，名叫张天佑。

他母亲说他自小体弱多病，多灾多难，因此，给他取名天佑，意在祈求上天保佑。

他成绩不好，也没有什么朋友，很少说话；有的时候，一个人坐在窗边，整整一个上午，连位置都不挪一下。

冬天来了，天逐渐冷了。东面的窗户时常呼呼地刮进刺骨的寒风。我用废弃的试卷把窗户粘了起来，但没过两天，就被大风吹破了。被撕裂的纸页，摇摇晃晃地挂在窗户上，寒风一吹，噼里啪啦地响个不停。

他坐在窗边，经常冷得缩成一团。

最后，我从地里捡来了两个装尿素的口袋。裁开，平铺，用钉子把它牢牢固定在窗户上。

口袋上，有两个特别扎眼的字——尿素。他一抬头，就能看到。很多孩子利用这个事情从他身上找乐子，给他取了十几个外号，什么尿素小子之类的，多得我都记不住。

他母亲在家里昏倒那天，我恰好正坐在办公室里改作业，誊抄花名册。因为第二天，从北京毕业的两个大学生就要过来任教了。我总不能把自己在职期间的作业留给他们来完成吧？

我用板车驮着他母亲，一路小跑。他跟在后面，使劲儿帮我推车。寒风呼呼地在山洼里回荡，我停下来，把厚实的棉大衣铺在了他母亲身上。

乡里的医生说，没有大碍，不过是有些贫血症状，再加上长期劳作，营养不良，才会导致忽然晕厥。

准备回去的时候，山路已经漆黑不见五指。没有月光，无法前行。

我们只能在乡卫生院的空床上凑合一夜。

第二天清晨，我领着他马不停蹄地往学校赶。从首都毕业的大学生可能就快到了。前天，村长和校长千叮咛万嘱咐，千万千万要做好准备工作，不能迟到。

他只穿了一件皱巴巴的棕色毛衣。他的小脸被清晨的寒气冻得通红。没吃一点东西，又跑了那么久，他实在有些撑不住了。

我把棉大衣脱下来，想给他披上。他扭动着双肩，跑开了。我又追过去帮他披上，他再次拒绝。如是再三，终于接受。

我蹲下身来，一面帮他紧上扣子，一面反复不停地说：“别急，没事儿，慢点儿走，山路滑，反正都是要迟到的。”

他怔怔地看着我，始终没有说话。

工作交接完毕之后，我去了乡里。那件大衣，也就忘在了他那儿。

很多年后，有人出资重修学校，村长又把我叫了回去，说务必参加新校落成的典礼。

我去了，却没有认出他来。后来，是他向我报出自己的名字，我才隐约想起那个名叫张天佑的孩子。原来是他出资重修的学校。

典礼之后的宴席上，他举着酒杯跟我说："老师，你还记得当年的那件棉大衣吗？我至今仍然留着。它给了我一生的温暖。"

借一度凡尘的温暖

那个卖冰糖葫芦的秃头男人仿佛是在一场春雨后疯长出来的。他怔怔地立在楼下，如青草一般，不管清风斜阳，都安分地举着那根木棒；木棒上，是许多鲜红的冰糖葫芦。

我每天授课完毕，夹着课本匆匆穿过人流抵达楼下时，总能看到他的身影。他与那些挑担卖水果的妇人不大一样，清瘦白面，隐隐有股书生气。不管人流多么喧闹，四周多么平静，他都不会张开嘴巴，像通常那些卖冰糖葫芦的小贩们一样，扯着嗓子吆喝上那么一句："冰糖葫芦，好吃的冰糖葫芦，快来尝尝吧！"

他的生意一般。偶尔会有施妆抹粉的姑娘在不远处碎碎地议论："又不是死了亲人，整天绷着个脸！谁愿花钱买气受啊？"

周末阴雨，男人照旧举着木棒，只是将位置退到了楼道里。雨点哗啦哗啦地洒了整整一天，他没有卖出一串冰糖葫芦，亦没有带伞。站了许久后，仍不见雨停，便硬着头皮脱下衣服盖在冰糖葫芦上，呼哧呼哧地跑远了。

次日，一帮青年志愿者敲开了我的家门，意在阳台上安装一个类似遮阳棚的东西。我看看有我的学生在里面，客气地笑道："不用了，我住三楼呢，用不着这东西。"

一女生捂紧嘴巴，忍住大笑，咕哝着说："老师，不是给你安的，是给楼下那大叔装的，他……他……是个哑巴。"

我恍然醒悟过来。这些孩子，原来是想用一种温和而又不为人知的方式给那位不苟言笑的生活苦难者送去一丝慰藉。

大雨之后，他很久没再来过，想必是病了。临近期末之时，他又举着木棒站在了原位。

因为有了这个凉棚，初夏的烈日丝毫伤不了他。吱吱的蝉鸣中，只要拉开窗帘，就时常能看到这位秃头的男人，微笑着向路人打手势，推销他亲手串制的冰糖葫芦。

这令我想起几年前的一件旧事。那时我所工作的学校附近还没有设立邮政分局，每次投递信件或领取稿费都得走上很长的路途。

说实话，我很怕去车站、邮局和银行，因为这三个机构的服务人员的态度皆差得出奇。很庆幸，在我写作最为勤奋的那一段时间里，邮局新分配来一位其貌不扬的小伙子，虽不爱说话，但有问必答。

一次，我提着大包新出版的作品来到邮局，给天南海北的朋友邮寄。五十多件印刷品，五十多个信封，五十多个不同的地址，他一一帮我粘好邮票，上秤，封口，盖章，虽然说这是他的本分工作，但却是我生平碰上的第一个遇见此事不发牢骚的邮局工作人员。于是，一时兴起的我便说了一句："兄弟，你是我所见过的服务态度最好的邮局工作人员！"他笑笑，脸红了大半。

后来，我再去邮局投递信件或领取稿费之时，他都会讪讪地问上一句："呵，你怎么不抱书过来邮寄了呢？"后来听闻，他连续几年都被顾客评为最受欢迎的员工。

细细想来，不光是职业这一领域，很多时候，那些心怀阴冷之人，其实都如一桶0℃的冰水混合物，它们虽碰触刺骨，但融化的条件却极为简单——仅仅只需旁人给予1℃的温暖。

翻开另一页

车厢里挤满了皮肤黝黑的打工仔。这是一列"逢站必停，逢车必让"的火车。车厢里没有空调，只能打开一扇笨重的尘埃密布的车窗。

他坐在我的对面，正津津有味地嗑着瓜子。他的脸上泛着油光，头发没有半点润泽的色彩；手指粗大，衣裤破旧，袜尖上还有两个恼人的窟窿；最让人无法接受的是那两个暴露的脚趾缝里竟嵌满了黑黑的污泥。

幸好我坐在靠窗的位置，可以凭借窗外的气流躲过那些潜藏在他身上的汗臭。我一面看着窗外的风景，一面用余光审视不断落地的瓜子壳。

下午两点的时候，他从推车上购来一盒泡面。他撕调料包的动作深深吸引了我，并使我无法自拔。他的手指是如此笨拙粗大，油包里的碎肉又似乎在和他玩捉迷藏，不管他如何用力，总有那么一部分油料可以轻而易举地躲到手指的缝隙里。

他的手指上沾满了黄红色的油料。我抽出一张纸巾递给他，他羞涩地笑笑，把油料最多的两根手指放进了嘴巴里。吮吸过后，才舍得用洁白的纸巾擦去。

我忽然注意到，原来他的手指缝里也嵌满了那样的泥污。我把视线再次投向窗外，胃里有些翻江倒海。

列车在一片明亮的湖泊前停住了。正当我对这片湖泊痴迷出神时，一个来历不明的物体飞过我的视线，啪啦一声掉进了轨道旁边的田埂里。

水面上瞬时翻起一阵油污华亮的涟漪。一个桶装方便面的盒子缓缓浮出。我有种惊心动魄的慌乱。这么美丽的精致，他怎就舍得如此糟蹋？

这次，我终于开了口。我们为此发生了激烈的争执。他说，车厢里谁不是这么扔的？我站起身来，想要给他寻一个榜样，却不料，竟看到了又一幕惊心动魄的景象——瓜果皮屑布满走道，吞云吐雾者比比皆是。

我从来没有如此狼狈过。那一刻，我真懊悔自己贪图便宜买了这张车票。

列车继续向前行驶，从黄昏到深夜。车窗里的光亮顷刻暗了下来，远处有一阵阵疲倦的鼾声。拉下车窗，我怀着抱怨的情绪沉沉睡去。

凌晨三点，我被一阵刺耳的啼哭声惊醒。背后，一个衣着朴素的女人怀抱婴孩，嘴里哼着哄他入睡的曲调。

无奈婴孩丝毫没有“和解”的意思，继续哭得忘乎所以。越来越多的人从睡梦中醒来，极不耐烦地注视着她的一举一动。

他迅速站起身来，解下钥匙，摇晃着放到婴孩的眼前，发出一阵阵叮当脆响。婴孩抬起小手，哭声渐渐变弱。接着，他站在车厢的中部，面对婴孩，挤眉弄眼地做出诸多不同的滑稽动作。婴孩咯咯欢笑，挥舞着小手要他抱抱。

他的表演一直持续到婴孩沉沉睡去。汗水湿透了他的衬衫。那位陌生女人虽无半句谢辞，但谁都能读懂那些在她眼里闪着的光亮的感激。

我忽然被他的善良所打动。我不曾料到，他的内心竟有如此闪光的一页。

他的心里只有春天

1951 年，他和老伴儿从陕西的大山里流浪到兴平市流顺村，在一面破旧的土墙旁用秸秆搭起了一个简陋的家，从此以拾荒为生。

1974 年农历正月二十九，他和老伴儿外出赶集，在一片围观的人潮中，他忽然瞥见了一名被遗弃街头的女婴。当时孩子哭得撕心裂肺，脐带上还残留着母亲的鲜血，以此可见，她是个可怜的孩子，刚出生就被母亲丢下了。

围观的人越来越多，却没有一人肯上前把婴孩抱走。他和老伴儿实在心疼孩子，想要把她抱走，但又不愿让如此可怜的孩子跟着他们受苦。于是，他和老伴儿便一直站在原地苦苦等待，希望能有一户条件稍好的人家把孩子抱走。

天色沉沉暗去，集市上的人潮渐渐退得一干二净。他和老伴儿不得不将孩子抱回家中悉心照料。为了纪念这次偶然的相会，他给孩子取名“会英”。

会英渐渐长大，可奇怪的是，她经常弄不清简单的算式，说话也有些含糊。后来，他终于明白，会英有着轻微的智障。老伴儿知道了这一事实后，当场表态，无论如何，也要把会英养大成人，不管怎样，她都是一条生命啊！

为了更好地抚养孩子，他和老伴儿起早贪黑，长年奔波于各个乡村的垃圾站之间。可生活并没有因此好转。因为，在这艰苦的旅途中，他们又先后遇见了不同遭遇的弃婴。她们有的残疾，有的智障，有的正常。

他俩都是于心不忍，总是无法在观望后冷漠离去。这些可怜的弃婴，一个个都无可避免地与他俩相遇，并走进那个破落的家庭。

周围的邻居非常不解，在旁人看来，这对年过六旬的老人本就已经过得水深火热，为何还要一次次捡来生活的包袱？他们虽然知道这是善行，但仍旧不能理解。他们甚至断定，这些孩子在长大且清楚自己身世之后，一定会远走他方，不再理会这两位拾荒的老人。

孩子越来越多，所需的吃食也就越来越多。但他俩觉得，孩子们正是长身体的时候，不能光吃素菜和米饭。

就在生活担子越来越重，经济愈加窘迫的情况下，老伴儿忽然撒手人寰，离他而去。他悲伤得不能自已，但他心里清楚，他不能沉沦下去，因为除了已经长大成人的会英之外，还有整整九个孩子的生命在他手里。

他细细盘算过，正常情况下，自己劳苦一天能赚到十五元人民币。而每天要买五块钱的馍（二十个），三块钱的挂面（一斤半），如果还有额外开销，比如偶尔生病买药的话，那所剩的钱就寥寥无几。

但这整整三十六年间，他就是用这样的省吃俭用的方式，为孩子们“奢侈”地买下了五千九百三十七袋奶粉。当我随记者找到他时，他正狼狈地拉着一辆木架车，身形消瘦，皮肤黝黑，白发苍苍，浑身裹满了汗水与灰尘。

如果不是他的三女儿丰英说“看，那是我爸”的话，我决不会相信，面前的他，就是在三十六年间寒暑不歇，以拾荒的方式陆续抚养了十名弃婴的赵景华。

此刻，冷漠的邻居们已被他深深打动。所有人都知道，在这么一个贫寒的村子里，有一个年过八旬的老人，用自己皴裂的双手抚养了十名弃婴。

虽然老大会英已经嫁到邻村，成为人母，但仍旧有五名婴孩尚未成年。年过八旬的他，仍要起早贪黑，仍要拾捡破烂，仍要当爹当妈，为孩子的生存操心。

当他微笑着架起木车，踉跄着又要外出时，我心里忽然下起了滂沱大雨。人世间，是否已经没有一种苦难能让他的善良止步？造物主，是否已经拔除了酷暑、冷秋和严冬，只在他的心里留下一片生机盎然的春天？

让你我踏实的陌生人

当我与朋友闲谈着走过那条幽深的巷子时，才恍然发现，巷子的出口已被一辆破旧的人力车挡住。车的那头，是一堵灰蒙蒙的城墙；这头，是几位皮肤黝黑的中年汉子。

这条巷子，是通往学校的唯一小道。虽然，回头融入人流，绕过优雅的街心花园便可至校门口，但大多数人还是宁可屈身步入这条小巷，避开城市的喧哗。

巷子很窄，两旁都是年久失修的城墙。蓊蓊郁郁的树木、样貌可人的花朵，将城墙顶上的蓝天遮蔽得严丝合缝。穿过它，任凭你心中先前装有多少红尘事，有哪般急躁，都忍不住放缓匆忙的脚步，细细体会这幽暗中的美丽。

显然，这些气喘吁吁的汉子并没有注意到巷子深处的我们。他们依旧呼哧呼哧地搬着笨重的货物，一件件卸下，又一件件搬入潦倒的城墙之内。

货物遮蔽了前方的小路。高矮不一地立在车板上。小巷太窄，似乎想要这车子转个弯都挺困难。再者，倘若偏离一点儿方向，他们所要走过的路程便会增加许多。譬如，他们不得不将车子调头；譬如，他们不得不将车身横靠墙壁。这样一来，他们就得从车的那头搬运货物，而后绕过车身，才能顺利步入屋内。

这仿佛就是最佳位置。常年的劳作让他们积累了生活中的智慧，他们总能在任意环境中找到最适合自己工作的位置。

我并没有上前去催促或是打扰他们。在旁的朋友，也没有哪一个上前建议他们将车子调头，好让行人从此通过。所有人都安静地站在巷子深处，目不转睛地看着那些在烈日下汗流滚滚的朴实汉子，心平气和地等待着他们工作完毕，调开车头通路。

后面陆续来了行人，他们凑上前来，一看前方景状，不是默然转身汇入那头城市的人流，便是安静地站在巷子深处。

这令我想起多年前的一位老友。他有着一个不同寻常的习惯，那便是不喜超越。当你与他走在人潮熙攘的大街上，侧面忽然走来一位手提重物的行人，他定会拉住你的手臂，痴痴地站在原地，直至那人从我们身前过去。

我知道他的用意。我也曾说，我们完全可以走快一点儿过去，大家都是这么做的啊！可他却微笑着回答我，这样一来，那人就会和正在加速的汽车一样，忽然减速，或是踩一下刹车，那么，他势必要在辛苦的状态中多停留几秒。我们既没要事，亦无重物，何必超越他来赶时间呢？

那个凉风徐徐的午后，许多人站在巷子深处，没有抱怨，没有愤怒，更没有人担心，在这幽暗狭小的空间里，是否潜有掏包的贼，抑或可怕的抢劫犯。

他们和我一般，对于身旁这些未曾谋过面的陌生人，从来没有如此贴近过，倍感亲切，无比信任。

人类的温暖和文明象征，不是创造了火，而是在很多人胸膛中，都藏有一种名叫善良的东西，将陌生与陌生的距离拉近，将人与人的直觉改为踏实。

山路上的小伙儿

村里新建希望小学，特意把我们几个大学生请了回去，说是看能不能在开学典礼之后给学生们上几堂课。

当年，我和雷小虎是村里第一批走出去的大学生。当时家里贫困，别说念书，就连买张长途汽车票都困难。村长挨家挨户动员、走访，硬是给我们凑足了第一年的学费。

我和雷小虎二话没说就坐夜车赶回了村里。数学好得不能再好的雷小虎，后来学了金融贸易，据说在深圳当市场总监。我混得一般般，在湖南当个语文老师，闲暇时写点儿文章，换点儿稿酬。可村里人不这么认为，硬说我和雷小虎一个是文学家，一个是数学家。因此，回村那天，山路上全都站满了报名听课的孩子和灰头土脸的乡亲。

十年没有回村，很多东西都已经陌生了。说惯了普通话，忽然转成地道方言，真有点儿别扭。村长一见我和雷小虎下车，就赶忙上前来接笨重的行李。

一路上，噼里啪啦的鞭炮声和嘹亮的唢呐声掩盖了我和雷小虎的窃窃私语。

十年过去了，村里仍旧还是老样子。没有公路，没有企业，甚至没有自来水。当天晚上，雷小虎就因为水质问题闹了一夜肚子。噌噌噌起床，咚咚咚往厕所里跑，硬是折腾了一整晚。

后来，村长知道了这个事，大清早把土郎中带了过来。雷小虎吃了一把黑乎乎的山草药，很快便精神起来。

村长把我们带到地里，坐在田埂上，诚挚恳切地央求：“你俩是村里第一批走出去的大学生，都在大城市工作，世面见得多，一定要多留些日子，好好给孩子们讲讲知识，说说外面的世界。”

“唉，出去十几个大学生，就只有你们俩愿意耽搁时间回来。”说完，年迈的村长用粗糙的大手擦擦眼泪，把旱烟抽得吧吧响。

怎不心酸？这些孩子都是乡亲们省吃俭用卖鸡卖米凑钱送出去的，如今，却没一个肯回来帮帮这些乡亲的孩子，想想都觉得心里压了块大石头。

开学典礼那天，村长硬让我和雷小虎上台说几句话。上课的时候，不但教室里坐满了天真的孩子，教室外面，也站满了憨厚的乡亲。他们似乎都想知道，这大学生的课，到底有多好听。

因为学校设施简陋，所以房顶根本没有隔热层。三伏天儿，没有风扇，没有空调，我和雷小虎一面写字，一面擦着满头汗水。

虽说是乡里娃子，可到底是在城市习惯了，因此，一喝村里没有经过消毒的天然水就闹肚子。可是天气又热得不得了，不喝两口下去，感觉嘴唇都要裂开似的。

学校木工房的小伙儿看出了我们的难处，提议给我们买些冰镇啤酒。他骑着单车刚要跑，我和雷小虎就把他给拦下了，硬往他兜里塞了二百块钱。他尴尬地笑笑：“要是乡亲们知道我收你们钱，肯定会骂死我的。”

临行前他说：“可能时间会久一点儿，因为村里没有啤酒卖，所以我只能去镇上买。等我回来。”我和雷小虎兴奋地点点头，似乎光明就在不远处。

木工房的小伙儿一去就没再回来。第二天，我和雷小虎上完最后一节课，就收拾行李上了路。一路上，我和雷小虎还嘀咕：“看来，这村里人也不实诚了，才二百块钱嘛，至于这样吗？”

村长一直把我们送到路口。转弯处，刚准备离别，木工房的小伙儿就迎面推着几近报废的自行车跑了过来，气喘吁吁地说：“二位老师，实在是对不住！昨晚山路太暗，没留神，一不小心骑到了山沟里，这不，单车坏了，啤酒瓶也碎了，我只能推车去镇上拉两箱回来……”

看着小伙浑身泥泞和血迹未干的手臂，我和雷小虎忽然不知该说点儿什么。十几里的山路啊，他就这么独自一人顶着黑暗，推车拉着两箱啤酒踉踉跄跄地往回赶……

最后，这个固执的小伙子，硬是跟着我们，推着叮呤当啷的自行车把两箱啤酒送到了车站口。他一面把啤酒往汽车上搬，一面咧着嘴说：“二位老师，天气燥热，要是渴了，就喝点儿冰啤酒。”

临行前，我拉住小伙子的手，告诉他：“回去告诉乡亲们，以后每年我都会来村里上几堂课，让孩子们好好读书。”

他双手死死地抓住单车车把，眼里险些掉出泪花。

当他推车转身的一瞬间，我似乎又看到了十几里的漫漫山路。不过，那山路已不再黑暗。因为它充溢着无处不在的明媚和亘古不变的真情。

那些你不记得的事情

在很长一段时间里，母亲始终怀疑，像我这等生性顽劣的孩童，到底是不是她的亲骨肉。譬如，我时常将女生课桌里的笔记本翻找出来，写上自己的名字，而后大张旗鼓地说，某某人全家都是小偷。譬如，将午后偷食剩下的果皮残渣于上课起立时，悄悄放在前排同学的座位上。再譬如，将父亲的劣质香烟悄悄“借用”几支，在男生厕所的过道里佯装成熟和冷酷……

中学仅仅两年，我便先后换了三个班级。没有一个班主任不说我是问题学生，也没有一个班主任不曾叫我的父母写过保证。我的调皮成了一种不可治愈的病症，三天两夜便会无由发作。于是，尽管我身材矮小，老师也还是不得不将我“请”到教室的角落里，并再三声明：“你的活动范围就是最后这三张课桌。除了上厕所之外，你不能以任何理由走出这三张课桌。否则，就请你的父亲前来相见。”

我知道老师的意图是什么。能被安排到前排就座的同学，八成都是“中考前锋”，而类似于我这样的莽撞少年，顶多也只能做个“候补”。班主任说，要是像我这种态度的学生都能考上高中，那他立刻辞职不干了！

虽然我为他的话语悲愤了很长一段时间，并立志要从此“头悬梁，锥刺股”，潜心苦读，让他悔不当初，但这样的时光终究是短暂的。我刚刚脱离成绩倒数的苦海，便又陷入了早恋的困惑。

我放下了一切努力的原因，开始追寻自己萌动的源头。我将一切可以用来学习的时间看书写信，神游天外。最后，那段朦胧的情愫，和其他同龄人的经历一样，千篇一律地早早夭折。我不但失去了一大段辉煌的青春和年华，还失去了她这个可一生相交的异性朋友。

在最寒冷的冬季，我偏梦想着捕捉金秋的果实。结局可想而知。我被迫留级，进入了一个陌生的集体。

我仍旧倒数。每次周旁的同学都会问："这些课程不都是你学过的吗？你怎么还考那么差？"我无语相对，只得借故狡辩，说当年的自己因何事何事壮烈休学，才导致今天此景此状。他们无不深感佩服，奔走相告。

在这个无伤大雅的玩笑里，其实，蕴藏了我多少深浓的伤悲。我已经开始后悔，已经开始平定一切顽劣的个性，想要为自己的人生做一些有意义的积累。可是，我顺着暗黑的道路走得太久，以至于迷路，找寻不到回来的方向。

我绝望了，我只能将一切的情感寄托于文字，整日偷看课外书籍，撰写小文，以此打发时光，聊以自慰。其实，严格说来，我对文学的爱好，应该是从小学开始的。那时，经常有布置读后感或者观后感的作文。每次，我都能洋洋洒洒地写上三五千字。可每次所得到的，都是简单至极的两个字——已阅。

一次，我真决定为自己的文章争取一些什么，在路上挡住了老师的去路。我义正词严地问他："你为何不修改我的作文呢？"他说："我批改其他学生的作文一般只需五分钟，而你的，至少得花半个小时。"

我知道，我写的多而不精，大都是记流水账；并且，字迹潦草，涂抹严重，换谁都不会细看。

留级后的第一次作文，我被打了满分。我永远都记得那个让人激动而又沸腾的午后。那位年过半百的中年男人，竟然将我的作文当堂朗诵，并作为范文细细讲解。甚至，还郑重邀请我简要地说一下当时创作的感受。

印象中，我说得极短极短，仅有几字。因为我强烈地感觉到，自己已不能再语。那些翻滚交织的热泪早已哽住了我的咽喉。

初三那一年的短暂时光，一位其貌不扬的中年男人，帮我修改过整整四十篇冗长的作文。每次翻开那几个厚厚的本子，看到那些凌乱的字迹和绯红的曲线、批注，总忍不住泪眼潸潸。

如当初那位班主任的预言一般，我不曾考上高中。母亲东拼西凑，让我自费继续了高中生涯。

很多年后，我义无反顾地走上了文学的道路，开始了日复一日的艰苦创作，为那些在青春里彷徨的少年们。兴许，那位让我铭记一生的中年男人早已退休，并将我这个成绩平平的学生淡然忘却。可是，他那一年的付出和倾注，却毫无悬念地改变了一个坏男孩的一生。

我时刻在想，如果有那么一天，与他在街角偶遇，不管他能否再辨认出我，我一定会上前紧紧地抓住他的双手，轻轻地告诉他："老师，那些你不记得的事情，曾是那么辉煌地照亮了一个迷途孩子的眼睛。"

查一路

安徽怀宁人，专栏作家，畅销书作家，高校副教授，《读者》等期刊签约作家，数家门户网站特约撰稿人。迄今为止，在海内外报刊发表及转载作品三千余篇次，计六百余万字。作品入选散文、随笔、小小说类各年度年选和百余种图书。出版随笔集六部，曾获冰心文学奖及其他文学奖项多次。作品在全国青年读者中具有较大影响，多篇文章入选中学、大学教材和中考、高考试卷。有评论称其作品“语言隽永、风格唯美、内容深刻、表述睿智”。

冬日暖阳

冬天风大，摇着树的影子。我看见了三十年前的我，和同学们挤在学校前的一面土墙前，用后背在砖块上蹭痒。昏黄的阳光笼罩大地。

操场一角有一位老人，戴绒线帽，穿黑色棉袄。他用红薯糖做糖塑，卖五分钱一只。一只火炉，火炉上一只铝锅，加热后的红薯糖，像柔软的琥珀，温润光泽。老人拿一只小勺，舀一勺糖，接着抖动手腕，化成液体的糖从小勺中流出，流到铁砧上；铁砧上有一只竹片，围绕这只竹片，掌勺的手，时而浓墨重彩，时而惜墨如金。

竹片拿到手里，上端的糖塑栩栩如生，晶莹剔透。要么是花脸典韦，要么是手提哨棒的武松。这是位民间高人，他稔熟四大名著里的形象，用糖来一一勾勒。糖塑再好，无奈舌头贪婪，昔日英雄，几分钟后，终将在舌尖上“落难”。

一群孩子簇拥在周围，高举手中的五分钱。我挤在其中。突然，身后有人清晰地叫了一声：“查一路，你没有爸爸！”回身一看，竟是我的同桌。我踩了他的脚尖，没容我解释，他已经拔剑出鞘了，一下就击中了我。

是的，这年的秋天，我父亲死了。这是我的疼痛所在和短处。我成绩优异，品行端正，长相清秀，老师喜欢。可是我没有了父亲。我羡慕那些有父亲的同学。他们的父亲大都是农民，高大剽悍，孔武有力。他们扛着锄头在教室外巡视，透过破窗向教室里偷看，用目光打压他人，呵护儿子。

呆在那里，我试图抓住什么来抵御内心的疼痛。我没有哭，因为我没有哭的习惯。但无力反击，因为说不出话来。那时我还很小。

可老人却作出了激烈的反应。他用小勺敲打着锅沿，又用小勺指着我的同桌，大声呵斥："臭小子，这么小就知道往人心窝里捅刀子，不要想吃我的糖塑，你滚一边儿去！"他最终没有给他糖塑。

轮到我时，他递给我两只。举起其中一只，是举棒的孙悟空。这只很大，孙悟空刚劲神武，一棒冲天，横扫阴霾，是送给我的。放学的路上，我把它举起来，对着太阳。阳光透过糖塑照过来，深红的，暖暖的。我看了很久，风很大，可并不觉得冷。

回到家，我把它插在窗台上。有时候我把它拿到屋外对着阳光扬起脖子，阳光又变成了深红色，暖暖的。我想把它留很久。可是，第二年的春天，它粘住了几只飞虫。母亲说："吃了吧。"我舔了一个上午，吃下了一个冬天的心情。屋外，阳光热烈而凶猛。是的，一切都会好起来。

人生的路上，我努力去遗忘别人曾经给予我的伤害，而将那点点滴滴的温暖一一攒起。积攒多了，心里就有了一轮太阳。心中有了一轮太阳，站立在风中，寒冷来袭，爱与激情不会离我很远。

声音的温度

那年，一场变故悄悄潜入我家。先是母亲生病住院，体质本就羸弱的父亲，因焦虑过度，也随即病倒，住进了医院。

太阳从西边落山，恐惧却从我的心头升起，那年我才十三岁。

山村的夜色中，黑黢黢的远山像一幅剪纸阴森地贴在窗户的玻璃上，偌大的屋子里，只剩下我和妹妹。山中的狼群，一声接一声凄厉地哀号，常常将我和妹妹从梦中惊醒。

一天夜里，半夜醒来，我突然听见好像有人用锯子锯窗格的声音。仔细听，声音时断时续，音量虽小，但在夜深人静的山区，却清晰可辨。

我一下想到了盗贼。是的，那段时间，这里正好盗贼猖獗，附近乡亲的牲口常常被偷走。是不是盗贼打听到只有我们兄妹两人在家，而动了歹念呢？我越想越怕。我轻轻地咳嗽着。可是，声音在终止一会儿之后，又咯吱咯吱地响起。我吓得浑身颤抖。

妹妹也惊醒了，她开始低声地哭泣。

我们住在一所山村学校，叫喊声未必能让远处的人家听见。忽然，我想起了哨子——母亲上体育课时用的哨子。

鼓起胸腔，拼命地让全部的气流吹出尽可能最大的声响。

渐渐地，我听见了家门前由远及近嘈杂的脚步声和大声说话的声音。窗外交织着手电筒的光亮，我听见了乡亲们喊我的名字。开了门，一群人扛着锄头站在我家门前，他们都是周围我熟悉的乡亲。善良的黑脸，热切的目光，一群人由衷的关爱，驱散了我内心的恐惧。

“孩子，你睡吧！这一夜我们不走了。”一位大爷说。他们在墙根靠下了锄头，坐着，蹲着，吸着旱烟……他们谈着人情世故，谈到我父母的善良和待人的诚恳，感慨好人多磨难。我渐渐地睡着了。直到天亮，他们才扛起锄头离开。

天亮才发现，夜里窗户上的声音，原来来自老鼠啃断了窗棂的腐木。一场虚惊，可是，恐惧的阴影却长久地留在我们心里。

第二天。

临近黄昏，乡亲们又来了，他们用锄头在石板上撞击出铿锵的声响，好像在告诉我：“孩子，别怕，有我们在，谁也伤不了你！”

从此，每天夜里，围绕这屋子的前后，会约定好了似地响起来来回回的脚步声和锄头的叮当声。

脚步声断断续续要响一整夜，他们边走路边大声说话。我知道，这么黑的夜，他们不是要赶路或者侍弄庄稼，而是要用说话声给我驱赶恐惧，要用声音告诉我：“我们都在窗外！”

自此以后，我开始相信，声音也是有温度的，它能把一种至深的温暖传递给那些处在孤独和恐惧中的人们。

家难当头，给人的感受犹如天塌地陷。这时最需要外力的帮助。我至今仍然记得乡亲们以他们独特的方式传达给我的温暖和激励。我想，我们家能度过那段布满阴霾的日子，是因为窗外有许多声音给了我们爱和力量。

博爱，所以无敌

北美洲，生活着一种墨西哥蓝鸦，这是一种体格弱小的鸦，可是却有着惊人的繁殖速度。

在蛮荒的墨西哥草原，蓝鸦有无数天敌。从自然条件讲，蓝鸦的生存殊为困难。只要猛禽们发现蓝鸦的巢穴，顷刻之间，就可能将蓝鸦群扑杀得一个不留。

应对恶劣的生存条件，十几只蓝鸦自然组合成一个群体。它们把隐秘的巢穴深藏在老橡树的树冠，借助橡树茂密的叶片，将巢穴遮盖得严严实实。

然而，接下来的问题是，除了隐藏巢穴，蓝鸦几乎也不能发出叫声。老蓝鸦可以不发出任何声音，然而，那些饥饿中的雏鸟，自然而然会发出叫声。它们的每一声叫唤都是潜在的危险，都在召唤着猛禽的靠近和死神的光顾。大自然对于蓝鸦种群的考验，正在于此。于是，在整个墨西哥草原，虽然生存着难以计数的蓝鸦，却听不见蓝鸦雏鸟的叫声。

在一个寂静无声的世界里，蓝鸦保存了物种的繁衍。让雏鸟不发出叫声何其困难。在困难的时刻，博爱成了拯救蓝鸦群体的力量。蓝鸦用食物一刻不停地堵住雏鸟的嘴，然而老蓝鸦必得觅食而生； 当雏儿鸟父母离巢外出，其他老蓝鸦就承担起爱的义务，给予所有雏鸟如同己出的照顾，巢中的雏鸟个个嘴里几乎时时都含着食物，不再发出可能招来危险的声音。所有的蓝鸦都是某一只雏鸟的父母，所有的雏鸟都是某一对蓝鸦的孩子。在蓝鸦这个大家庭里，一份爱，全体成员都可以分享。

正是爱的分工和协作，正是爱的平均分配，让蓝鸦在险恶的环境中战胜天敌。

……

草地上，两个孩子在快乐地玩耍。突然为一个气球厮打起来。一位年轻的母亲，走过去，不假思索也不问缘由地推倒了其中一个孩子。另一位母亲走过去。两位年轻的母亲，顿时争执得不可开交。这是我在一个周末于公园草地上看到的一幕，也可能是大家在许多场合司空见惯的一幕。

蓝鸦因为爱，变得无敌和强大；而人类因为爱，却变得如此狭隘和自私。

别动那张餐桌

早晨，老婆坐在餐桌边吃早餐，忽然想到了一个问题，她说："你可记得我们家原来那张餐桌？拉到旧货市场，起码要卖八百元。"

一年前，我们家换了新房。旧房子租了出去，在租房这件事上，我们做了很大让步。租房的是一对进城打工的夫妇，带着孩子，看样子条件很拮据。谈房租时，我说，你们就看着给吧，多少无所谓。餐桌底下，我的脚趾差点儿被老婆踩成骨折。老婆也是个好人，但她的意思是，吃亏要吃在明处，否则，别人把你当孬子。

现在，老婆说："当时的合同上没有注明提供家具，餐桌可以拖回来卖了，资源不能闲置啊！"

中午，我就去了原来的房子。那户人家正在吃饭。餐桌上一碟萝卜，一碟白菜，还有一盆西红柿蛋汤。孩子显得很贪婪，把勺子里的汤喝出很大的响声。餐桌上的热气一圈圈环绕，升腾。这是最基本的物质条件，可是我能感受到，幸福就像接力棒，在这一家人的眼神间传递。

女人吃完了，习惯性地拿起抹布擦桌子，餐桌被擦得很光。她边擦边说："你们都是好人，留这么好的餐桌给我们用。你瞧，多好的桌子，大理石的桌面，柚木的料，还有四个抽屉……"

我想了想，话就是说不出口。我不能让他们撤下一桌的饭菜，把桌子拖走。一家人的目光小心翼翼，或许是他们觉察到我不怀好意地盯了餐桌很久。我只好起身告辞，我说："我没有别的意思，只是来看看。"

或许换个时间更恰当一些。几天后的一天傍晚，估计晚饭吃过了，我觉得这是时机。

敲开门。餐桌上放置了一盏台灯，昏黄的光，勉强推开夜色。这一家人围坐在餐桌旁边——孩子咬着铅笔上的橡皮头，在做作业；女人就着灯光织毛衣；男人伸出骨节粗大的手，在抽一支劣质香烟。他温情地看着妻儿。作为一个男人，我能读懂另一个男人的眼神：一种欣慰和满足，也是一种呵护。

女人示意我看抽屉，我看见了一条浅浅的划痕。她表示歉意，说："龟儿子用小刀划的，我心痛得一个晚上没睡觉，我把他痛打一顿，这龟儿子哭了一个下午。”

我听了心酸。摸着孩子的头，我告诉女主人：“就让他用小刀划吧，这是孩子的天性。”同时，我想我得赶紧走，我担心一个眼神、一句话，会给他们的心里留下划痕。回家我发出警告，动什么，别动那张餐桌，原因我不想解释。我忽然间强硬了起来。

一张过时的餐桌，把它拖回来，只能在旧货市场为它找出路。而留在那里，就成了那家人的圣物。一天三次的幸福感，这家人都将在餐桌边体验。劳动之余、疲惫之余，餐桌召集他们围拢在一起，吃饭，做作业，织毛衣，说话，用眼神交流，短暂的快乐，片刻的愉悦，是他们辛劳之后应得的收获。动一下餐桌，或许，他们心里最后那点儿平衡会被撬动。

门边有个位置

每次纯净水送过来，这位师傅都匆匆忙忙。鞋子在门外脱下来，穿着袜子，绕过过道，进客厅，再到饮水机旁边。我让他穿上拖鞋，他说，没时间，再说地板上很干净。

一次，我请他抽支烟，坐一会儿。他感激地冲我笑笑，他说他下岗了，到纯净水公司承包了我们这个小区送纯净水的业务；生活还过得去，就是忙，就是累。我说：“我们都是在辛苦中过活，只不过用不同的方式。”他听了，得到安慰似地笑笑。

星期天，儿子坐在沙发上看电视。这位师傅扛着水进来。儿子用手扇着鼻子："嗯，有一股气味。"我对儿子眨眨眼，示意他别往下说。这小子不肯罢休："你没闻到啊？一股浓烈的气味。"

怒火中烧，我伸手就打。不料，这小子揭竿而起："打我干吗？就是臭，臭脚臭袜子的臭。"我一下子呆住了，尴尬地止住了手。但心里还存着侥幸，希望走到门边的师傅没注意也没听见。可是，他站住了，扭过头来，满脸通红，歉疚地说："别怪孩子，都是我没注意。"

夜里，我跟孩子说："儿子，这次我真的不能原谅你。这位送纯净水的师傅，也有一个和你一般大在学校读书的孩子，他将一桶水送到这里，爬上五楼，一桶水只赚一块钱，流了多少汗？"儿子很委屈："我只说臭，又没说其他的，你却要打我？"许多事，许多心情，他这个年龄，显然不懂。

再来的时候，这位师傅不再是脱了鞋，径直走进来。他在门外窸窸窣窣弄了好长时间。进了客厅，脚上套了两只绿色的、类似塑料袋的鞋套。一种无法言说的尴尬，在彼此间心照不宣。我劝他无须这样细心，他笑一笑："服务总是讲究质量的。"然后匆匆地干活，匆匆地走。那双绿色的鞋套，一直让我不安。

门边有个位置！坐在沙发上抽烟，我忽然产生灵感。于是，和儿子把饮水机安置到这个地方。这样不要套什么鞋套，站在门槛一伸胳膊就可以换水。一次次地来，他好像没有在意饮水机位置的变化。我不希望他体察到我的用心，这点儿小小的方便，还需要别人在意么？

几天前，在小区散步。楼上的一位老人喊住了我，打量了我好半天："好人！"一声惊叹吓了我一跳："为什么啊？大爷！"老人说："送水的那位师傅见人就讲，你为了让他方便，把饮水机移到门边，让家里人进门出门都不方便。"我脸一红，那点儿微不足道的方便，竟然被郑重地提起。

老人说："谁家的门边没有位置？再小的事，也能看出一个人，有没有在心里给别人留个位置。"

拿你当亲人

上班走过一处工地，总觉得身后有一份微笑追随着我。我以为这是幻觉。后来，看见了一位十八九岁的小民工，他的表情让我既感到陌生，似乎又有点儿熟悉。见我在看他，他快乐地一闪。我想，这可能就是"微笑"的根源。

一天下午，我回家时，一只土筐放在路中央。他走过去，飞起一脚，把土筐踢出足有三丈开外，并且边踢边骂："有些人做事就这么差劲，像我从来不把土筐放在路中间。"语气中，有些自豪感。我走过去，回头冲他笑笑，他快乐地一闪。

最近几天，一直阴雨连绵。工地边的路，积了一洼水。站在这洼水边，我有点儿为难，不知道怎么走过去。

小伙子走过来，怀抱一抱红砖头。他把砖头一块一块放在积水中，用自己的脚步量一量，一共放了六块。砖头放好后，人走回来，从我这个位置出发，踏着红砖头走过去；然后扭过头，示意我过去。

走过去，鞋都未湿。我心存感激，递给他一支烟。他低头看看烟的牌子："咦，中华的。"想抽未抽，顺手把它夹到了耳后。我心里有个疑问，这次正好问他："你怎么对我这样……"

他有些羞涩，又有些热切。嗫嚅了半晌，突兀一句："我拿你当亲人嘞！"始料未及，我吃了一惊。这句话分量太重了，我不知道如何去承担。非亲非故，彼此又不认识，他怎么就拿我当亲人呢？

"你忘啦？"他提醒我，"去年下半年有一天，我靠在脚手架前吃饭，你冲着我笑，而且还停下来冲着我笑，城里人从来都不对我笑。"我努力地回忆……想起来了，是的，当时我看他用两个筷子，串起八个大馍，每个大馍足有二两。我从来没见过一个人有这么好的食欲和食量，估计我当时是停下脚步来欣赏的，更多的是把微笑献给了大馍。

我很惭愧。一个差池的微笑，竟赚得了他"亲人"的认同和回报。只好以后弥补了，我说："兄弟，以后有空儿去我家玩儿，我家书多。"他顿时眼睛一亮："你家可有《天龙八部》？"

在这个城市漂泊，我终于认下了一位真心的兄弟。

兄弟，兄弟，我们握着彼此的手，快乐地大笑着。整个工地的人，好奇地朝这边看过来。

有这样一位真心的兄弟，我很幸福。

一件军大衣

屋外，大雪纷飞。屋子里，油灯的火苗舔着夜色，像贪婪的舌头舔着糖。

父亲坐在火桶边读《论语》，其中一段读到："……泛爱众，而亲仁。行有馀力，则以学文。"旋即把脸转向我："这话意思是说啊，爱终生，亲仁者，践行'五德'有闲暇，就可以学'六艺'之文了。"从《论语》中寻找处世的指针，这是他的习惯，而且他也习惯将此强加于人。

"你到底在不在听啊？"父亲要冲我发火了。

这时，响起了敲门声，山村的小学寂寥无声，敲门声显得格外响亮。门开了，风雪卷了进来，一位陌生人立在门口。

来人穿件军大衣，一身雪花，年龄看起来比我父亲小几岁。他手扶门框，自我介绍说，他姓闻，是地质队的，来这个山区探矿，现在迷路了。父亲听了，眼睛一亮，热情地将陌生人迎了进来。

父亲与这个陌生的闻叔叔热烈地攀谈起来。说着，父亲突然一怔，用手指着闻叔叔："哦，你还没吃饭，你一定没吃饭！"闻叔叔点点头。父亲吩咐母亲，赶紧给闻叔叔下一碗热汤面，多放些生姜和辣椒。

母亲有些迟疑——面条是有的，可是有点儿贵。其时父亲患有严重的胃病，温软的面条，可以减轻他的胃痛。母亲以商量的口吻问道："能不能炒一碗饭呢？"父亲的回答是否定的。这一刻的父亲显得威严而热情，说话一锤定音。

在鸡蛋和葱花的香味中，闻叔叔狼吞虎咽——这人饿坏了。他湿透的军大衣放在火桶上烤，水气旋转着向上升腾，湿漉漉的暖意在屋子里荡漾开来。这天夜里，闻叔叔就住在我们家，和我父亲几乎说了一夜的话。

第二天早晨，父亲把闻叔叔送出了山外。

时间一长，这个人和这件事，渐渐在我们脑海里淡去。

不想，一年之后的冬天，闻叔叔又突然来了。他专程给父亲送来一件崭新的军大衣。因为那一夜，他看出父亲畏寒而且咳嗽。

父亲大笑，继而连连摇头，调侃说："一碗面换一件军大衣，显得我不够仗义啊！"

这是父亲做人的准则，他的骨子里有"愿予之不愿取之"的"狭隘"，而他始终以为这是侠气。

闻叔叔有点儿不悦，放下大衣就走。父亲让我抱上大衣，跟他去追闻叔叔。在一个山峁，与闻叔叔有了一番拉扯。闻叔叔忽然停住了，指着大衣的胸口处对父亲说："你摸摸里面！"父亲一摸，怔住了，过了半晌说："我收下了，兄弟情义厚啊！"

此后几年的冬天，父亲一直穿着这件军大衣，咳嗽减轻了许多。一年秋天，父亲去世了。这年的冬天，母亲把大衣拿来翻晒。

暖阳下，大衣贴胸部分，豁然露出一块用针线缝上去的羊皮。羊皮在阳光照耀下，闪烁着洁白、晶莹的光。